しぜん
つくる
あそぶ

サブロー雑記帳

よいしょ

JN062861

ごあいさつ

　昭和９年に大阪で生まれました。少年時代に戦災に遭って、南紀白浜に移りました。

　小遣いはもらえず、もっぱら山で鳥を取り、木の実を拾い、野原で虫を取り、海で魚や貝を取って遊びました。遊んだおもちゃも手作りです。

　現代の子どもたちの遊びとは様変わりですが、少年の頃に遊んだ楽しかったことが忘れられず、この本にまとめました。

　平和が長く続いているし、素敵な多くの人たちと出会うこともできて、幸運な人生を送らせていただいています。

　ありがとうございます。

岡田三朗

しぜん・つくる・あそぶ

　　自然、子ども、手づくりが好きな私ですから、必然的に参加する団体も定まっています。

・四万十市の「トンボと自然を考える会」
・田辺市の「天神崎の自然を大切にする会」
・大阪市の「大阪自然環境保全協会」
・東大阪市の「おまけ文化の会」などです。

　　それぞれの会のメンバーの方に教えたり、教えられたりして楽しく過ごしています。
　　子どもはかわいい、かしこい、おもしろい。自然に親しみ、ゆったりと育ってほしいです。

目　次

4

第1章

初めてのセミ

初めてのセミ

「あの辺りやったな」

自転車でこの木の下を通るとき、見上げています。

ＮＨＫのある大阪馬場町から少し西に下ったところに、道路にはみ出した大きな楠の木があります。

この木で生まれて初めてクマゼミを取ったのです。手の中で、耳をつんざくような大きな声で鳴きました。

もう、遠い昔のことなのに、しっかり覚えています。子どものときの感動はいつまでも覚えているものです。

でっかいウナギを釣ったこと、ギンヤンマをつかまえたこと、メジロを捕ったこと、太平洋に沈むまっ赤な太陽を見たこと。

昨日のことも忘れる年になったのに、楽しかった遠い日のことは、しっかり覚えていて人生の糧になっています。

トンボと仏さん

　お父さんは、モーターがうなる大きな機械で、1,000枚も重ねた大きな紙をバッサリと切っていました。紙を切る町工場でした。

　姉の下に4人の男の子がいました。私は次男です。車が通らなかったので、道路でコマを廻したり鬼ごっこをしました。

　兄さんがオニヤンマを取ってきました。大阪市内にもオニヤンマがいたのです。

　シオカラトンボ、コシアキトンボ、アカトンボはたくさんいました。お盆には、盆トンボといわれるウスバキトンボが群れていました。

　お母さんが、

　「お盆には、仏さんがトンボに乗って帰ってこられるから、取ってはいけない」

　と言いました。

　トンボをつかまえたとき、見つめましたが、仏さんは見られませんでした。

どこに？

15

ケシ畠

　兄弟の中で一番よく釣りについて行きました。私ばかりかな。そのせいか、お父さんに似てきたといわれます。

　岸和田沖でのガッチョ、淀川でのハゼ、奈良の池でのフナ、地磯でのベラ、波止（波止場）でのアナゴの夜釣り。

　有田川でのオイカワ釣りにもついて行きました。

　藤並駅で降りて、川へ向かう途中、畠の作物に球のような実がついていたので、

「あれは何？」

とたずねると、お父さんは、

「ケシといって、薬がとれる。この薬を飲むと気持ちよくなるが、やめられなくなって、しまいには、心も体もボロボロになる。絶対飲んだらあかんで」

　川では、お父さんが釣っている間、１メートルほどのおもちゃの釣り竿を作ってもらい、石の間のドングロ（黒いヨシノボリ）を釣って遊びました。

こわいぞ

16

カエルと遊んで

　お父さんの釣りについて行ったときは、カエルを釣って遊びました。カエルは、田んぼや溝にいくらでもいました。

　ネコジャラシ（エノコログサ）の穂の先を少し残してカエルの前でゆらゆらさせると、パクっと食いつきます。ぶら下げても離さず、しばらくしてからポトリと落ちます。トノサマガエルでした。

　魚釣りの仕掛けのときは、かかったカエルを池の上でひっぱり廻して、カエル泳ぎや。疲れて泳がなくなると、新しいカエルにとりかえます。迷惑やったね。

　噛みつかない、ピョンとはねる、おたまじゃくしから手が出て足が出るおもしろさ、不思議さ。

　カエルは子どもたちの大切な遊び相手です。どこででもみられるようになってほしいです。

パクッ

止まない雨はない

「あわてるな！止まない雨はない」

　釣りに連れて行ってもらったとき、急な雨にあわてて走ると、お父さんがいいました。

　仕事についてから、急な雨にあわてて自転車をぶっ飛ばして、思い切り転倒したことがあります。登山の際だって、ビバーク（緊急の野宿）して助かった例もあります。

　せっかちの私は、赤信号で渡ったりします。１分も待てばいいのに。反省。

　工作をしても、ボンドが乾かないうちに動かして壊すこともしばしばです。

　トマト、ナスビ、キュウリなど夏野菜も冬に出回って季節感がなくなりました。子どもの頃はもっとおいしかったですが。

　桜の開花を待つ。夏の海水浴を待つ。雪を待つ。待つことは楽しい。

　四季に恵まれた日本の自然。

モクズガニ

　モクズガニ。高知県ではツガニと呼ばれています。ハサミに毛が生えているのが特徴です。力が強くて、はさまれると痛い目にあいます。川に住んで産卵期に海に下ります。

　お父さんは大好きで、シーズンになると、天神橋筋商店街で生きたのを買い、家で茹でて食べていました。

　「食べ」

　と言って私たちにくれたのは、細い足ばかり。ひものような身が入っていました。自分はおいしいところを食べて。

　四万十市から、このカニを送って下さったときは、ゾロゾロと逃げ出して、大捕り物になりました。生きたまま鍋で茹でると、ガタガタと大暴れして、やがて動かなくなりました。

　「かわいそう、もうご免」

　と、嫁はん。

　冬の味覚、マツバガニは高価なので、カニカマボコで我慢しています。いっぺん食べてみようかな。清水の舞台から飛び降りて。一匹一万円のを。

こわいよ

荷馬車がパカパカ

　荷馬車が止まったかと思うと、ジャーと大量のおしっこをし、まんじゅうのようなうんこをボタボタ落としました。

　道路は子どもの遊び場でした。

　ローセキを使って地面に大きな絵を描きました。女の子は、片足を高く上げてゴム跳びをしていました。ボール遊びもやりました。

　こま遊びが盛んでした。みんな上手に手の上でコマを廻しました。コマを使っての鬼ごっこです。こまが廻っている間だけ走れます。

　「松屋町でトンボを取ったらアカン」

　学校で先生に注意されました。松屋町筋では、時々タクシーや小型トラックが通りました。

学童集団疎開

　戦局が悪化して、大阪にも空襲の危険が迫ったので、私たちは学童集団疎開で滋賀県日野町へ行きました。4年生でした。

　寮に着いたとき、窓からセミが飛び込んできました。みどりがかったセミ、ミンミンゼミだったと思います。

　お腹が空く、寂しい、家に帰りたい―と泣き出す子もいました。

　秋には、農家で赤くなった柿をもらってこっそり食べたり、家から送ってもらったゴマ塩を少しずつなめたりしていました。よく遊んだのはトランプだったかな。

　日野は雪国で、冬には大雪が降りました。寮の庭で雪だるまを作りました。毎朝、上半身はだかで町をかけ足。その後乾布摩擦。私たちも「少国民」として、

　「大人になったら、兵隊さんになって、手柄をたてるんだ」

　と思い込んでいました。

いただきます

寮母さん、ありがとう

　忘れもしない1945（昭和20）年3月13日。大阪は大空襲で大きな被害を受けました。様子を調べに行かれた先生が生徒を集めて、

　「校区は全滅。家族の行方も何もわからない」と。

　その時点で家族を失った子、孤児になった子もいたかも知れません。私たちの運命は大きく変わっていきました。

　後年、お世話になった寮母さんに会うため、卒業生たちがマイクロバスをチャーターして、日野町へ行きました。

　雪合戦をして遊んだ綿向神社で思い出を語り、教室を借りた女学校を訪れ、

　「この教室で勉強したなぁ」

　と懐かしさいっぱいで校舎を歩き回りました。

　寮母さんは当時、女学生でした。親から離されて、毎日お腹を空かせている子どもたちの世話をするのは大変だったと思います。

　寮母さんは今もご健在で、
毎年、年賀状をいただいて
います。

ＤＤＴを頭から

「ワァッ、まっ白や」

頭から首筋までまっ白です。友だちと笑い合いました。

終戦直後、私たちのシラミ退治のために、アメリカの進駐軍が、頭からＤＤＴの粉をかけてくれました。

その後、レイチェル・カーソンの著書『沈黙の春』によってＤＤＴの毒性が告発され、ケネディ大統領が製造を禁止しました。そうとわかっていれば逃げたのでしょうが…。

同じレイチェル・カーソンの著書『センス・オブ・ワンダー』は上遠恵子さんによって翻訳され、彼女の講演会に参加しているうちに、自然のすばらしさを教えられました。

彼女が原作を朗読し、カーソンの世界を追体験するドキュメンタリー映画『センス・オブ・ワンダー』に感動した私は、映画の中のシーンに似た田辺市天神崎に、海の家を求めました。

太平洋に沈むまっ赤な夕日は、映画の中の、メイン州の夕日を思い起こさせます。

二人で沖へ

「おい、岩からはなせ！」

　兄さんが大声で叫びます。二人の乗った舟が流されて岩に当たりだしたのです。舟底がガンガン岩に当たり今にも割れそう。500円で買った超ボロ舟です。水漏れが止まらないので、乗るときは二人組。兄さんが櫓を漕ぎ、私は水のかい出し役です。もう少しで遭難するところでした。

　友だちとも、舟でよく釣りに行きました。彼は釣りがうまくて、いつも私よりたくさん釣りました。どんな風の吹きまわしか、その日は私ばかり釣れたのです。だんだん機嫌が悪くなり、帰るまで口をきいてくれませんでした。

「あのとき、ふくれてたなぁ」

　大人になって当時を語り、笑い合いました。

　大人でも、相手ばかりが釣れると面白くないものです。お金なら更に。

少年とトンビ

「エサやって」

兄さんが２羽のトンビのひなを捕まえてきました。高い木に登って捕ったそうです。

「親が怒って顔の近くまでとびかかってきた」

武勇伝を聞かされました。

はだかにうぶ毛がチョロチョロ。猛禽類（もうきんるい）だけあって、くちばしは鉤形（かぎ）に曲がっていました。

捕るのは一回やけど、エサやりは毎日やんか。でも飼うのは好きでした。

学校から帰ると大きな口をあけてエサをねだります。食うわ食うわ、エサのカエル取りの毎日です。宿題どころではありません。

やがて毛がきれいに生えそろい、翼を広げると１メートル近くの立派なトンビになり、空に舞い上がっていきました。

「さようなら、元気で暮らせよ」

手を振って別れました。

ヤマモモの枝が折れて

　昭和20年３月の大阪大空襲に遭い、白浜へ移りました。極貧生活だったので、小遣いはもらえず、もっぱら山で木の実を採っておやつにしていました。

　おいしかったのはヤマモモ。梅雨の頃、赤い実が出来るのを、木に登ってムシャムシャと食べました。

　口に入れて変な味がすると思ったら、虫と一緒に食べていました。

　熟した実は枝の先についているので、採るのはヒヤヒヤです。友達は枝が折れて転落し、斜めに切った竹の切り株がお尻に刺さって、二つ目の穴があきました。

　大阪にもヤマモモの街路樹がありますが、実は誰も採ろうとしないので、散らばって道路を汚しています。拾って食べてみましたが、排気ガスが気になりました。

ウサギは月へ行った？

　ウサギを飼いました。学校から帰ると、かごを肩にかけて野原を回るのが日課となりました。ポキッと折ると白い液の出る草を喜んで食べました。

　だいぶ大きくなったある夜、野犬におそわれてしまいました。ガッカリです。大事に育ててきたのに。

　気の毒がって、農家のおじさんが野ウサギをくださいました。手のひらに乗るかわいい仔ウサギです。

　トントン・ガリガリ、小屋を作って入れましたが、翌朝小屋はもぬけの殻、またガッカリです。せまい隙間からどうして逃げたのだろう。

　逃げたことをおじさんに知らせると、

　「野ウサギは、お月さんを見ると、どんなところからでも逃げるよ」

　と笑いました。

　お月さんに行ったのかな。

泳ぐ

　小学生のとき、大阪から白浜へ移りました。

　夏の体操の時間は、白良浜で海水浴です。泳げない私はその時間が苦痛でした。地元の子はみんな楽しそうにスイスイ泳ぎ、面白がって深いところに引っぱるのです。

　中学生の頃、年上の人に船から放り出され、必死でバタバタしているうちに、身体が浮くようになりました。

　遠泳会では白良浜の沖を横断したり、畠島まで泳ぎました。素もぐりで魚や貝を取りました。

　お父さんは釣りが大好きでしたが、生涯泳げませんでした。晩年になってから、孫に泳ぎを習っていましたが、もう遅い。

　自転車でも、泳ぎでも、ちょっとしたコツを覚えたらできるようになるのです。子どものときに教えておきたいですね。

素もぐり

海藻の間をいろんな魚が泳いでいます。赤い魚、青い魚、銀色の魚。太い魚、細い魚。

中学生の夏休みは、毎日のように海で遊びました。素もぐりです。

モリで魚を狙いましたが、うまく取れませんでした。取ったのはトコブシ、底の石をひっくり返すとヒラヒラと流れ落ちるので、地元ではナガレコと呼んでいました。

ナガレコは岩の上でたき火をして、焼いて食べました。火にのせると苦しそうに暴れるのでかわいそうでしたが、おいしく食べました。ウニも取りました。ウニは割って、生のまま黄色いところを食べました。

もう一度やってみたいですが、もうしんどい。今の子は海には入らず、部屋にこもってゲーム機で遊んでいるようです。海はいっぱい楽しいのに。

ゴンズイ玉

　ゴンズイ、一般には知られていませんが、釣り人ならたいてい知っています。

　姿はナマズに似て、口元にひげ、頭に３本の強い毒針があって、うっかり握るとえらい目にあいます。刺されてショック死した例もあるほどです。どちらかといえば、グロテスク。

　何十匹ものゴンズイが、群れになって丸くなったり、細くなったりしながら移動するのをゴンズイ玉と呼んでいます。

　学校の帰りにゴンズイ玉を見つけて、

　「ウグ、ウグ、雲になあれ」

　と唱えると、あら不思議、雲の形になるのです。雲になったとよろこびますが、何のことはない、どんな形でも雲といえますね。

　普通は食べませんが、食糧難のときのこととて、わが家では食べました。白身のおいしい魚です。

　※ウグ（ゴンズイの地方名）

小ブナ釣り

　ウキがピクピク動くのは小さいフナ、ゆっくり沈むのは大きなフナです。重く上がってくるのは、クサガメ。

　「ウエッ」

　口が堅いし、首を引っ込めるので、鈎《つりばり》を外すのに難儀します。鈎は子どもにとって貴重です。

　アカハライモリもお断りです。

　春になって、水がぬるんでくると、フナ釣りのはじまりです。池の土手に並んでワイワイ、ガヤガヤ。山は新緑です。ときどきそよ風がふいて、さざ波が立ちます。

　「やめてよ！」

　釣りに飽きたガキ大将がバシャバシャと竿で水をたたき、ドボンと石を投げて笑っています。

　釣ったフナは、バケツの中でアップアップしています。底には弱ったフナが腹を見せています。

　小ブナを釣る野池は見られなくなりました。

ナイフは遊びの必需品

　中学生の頃はよく山で遊びました。小遣いなどもらったことがなく、何でも作って遊びました。

　遊ぶときに欠かせないのがナイフ（肥後守）でした。いつもポケットに入れていました。

　メジロを捕ったときも、山で竹を切ってきて鳥かごを作りました。子どもの手づくりですから、グラグラ、ガタガタ、メジロがすき間から頭を出していました。

　とりもちは、もちの木の皮をはいで水をかけ、石でトントンたたいて作りました。

　無断で、よそのもちの木の皮をはがしました。ごめん。

　ナイフは遊びの必需品でした。ナイフを使って、いろいろ工夫して遊んだことは、とても勉強になったと思います。

メジロ、死なせてごめん

「椿の花を使ったらメジロが捕れるよ」

学校の先生が教えてくれました。先生が保護鳥の捕り方を教えてもいいのかと思いましたが。先生も子どもの頃、メジロを捕られたにちがいない。

モチの木の皮をはいで、水をかけながら、石でトントンとたたくと、粘ってきてとりもちが取れます。

椿の花の近くに塗っておくと、蜜を吸いにきて、ペタリとくっつきます。鳥かごに何匹も入れておくと、止まり木の上で押し合います。

「ハハーン、これがメジロ押しやな」

メジロはスズメより小さく、胸は黄色、背はみどり褐色。腹は薄い茶褐色、目が白く縁どられているので、メジロの名があります。美しくかわいい鳥です。

たくさん捕って、たくさん死なせました。ごめん。

お父さんにウナギを

　朝からウナギを狙っていましたが、夕方になってきました。もう駄目かなとあきらめかけたとき、グイッときて、釣り上げたのは大きなウナギでした。やった！

　今日は大阪へ出稼ぎに行っているお父さんが給料を持って帰ってくれる日、お父さんに食べさせてあげたかったのです。ウナギを喜んで食べ、元気を出して大阪へ戻っていきました。

　ウナギは、少年には滅多に釣れません。あの時よくも釣れたと思います。神様がお父さんに食べさせてやれと、釣らせて下さったのかも知れません。

　先日、淀川の天然ウナギをもらい、料理にとりかかりましたが、ヌルヌル、ツルツルで難儀しました。生きたウナギはもうこりごりです。

いたた！

　自然が大好き。自然に親しんでいますが、えらい目にも遭っています。

「あちち！」

　ハチに刺されたときの痛かったことといったら。焼けた火箸をつかんだような痛さでした。イラガの幼虫に刺された時も痛かった。黄緑色のきれいな幼虫ですが。背泳ぎしているマツモムシにも、チクリとやられました。なんでも触れてみるくせがあるのです。

　魚の場合は、オコゼ、ゴンズイ、ハオコゼ、ギギ、アイゴ、などが要注意です。

　夏の終わり、土用の頃にえらい目に遭ったのはカツオノエボシ、クラゲの仲間です。刺されると、猛烈な痛みが走って、ミミズ腫れになります。おしっこをかけるといいと言って友達がかけてくれました。磯でウニを踏んだときは、折れた針が足の裏に残りました。

３つの津波

夜明けごろでした。
「地震や！」
お父さんの声に飛び起きました。やがて多くの人の叫び声、
「津波や！」
家は高いところにあり、津波は免れましたが、避難者でごった返しました。トイレはうんこの山。

裏庭が海だった友達は、泳いで逃げたそうです。戦後間もない頃の白浜、南海地震でした。

チリ津波のときは、潮がゆっくりと上り下りを繰り返し、引いたときは畠島近くまで干上がりました。

子どもたちは、引いた時を狙って、逃げ遅れた魚をとり、寄せてくるときに、「それっ」とばかりに引き揚げました。魚がたくさん取れました。地球の裏からも波が伝わるのですね。

３番目は、東日本大震災。多くの人が亡くなられました。桁違いの災難です。まさに国難です。

ありがとう、おいも

娘が泣きながら、ネズミの尻尾のようなおいもを持って帰ってきました。

その日は、幼稚園のおいも掘りの日でした。娘の場所は畑の隅で、おいもがついてなかったのです。先生、ひとつくらいやってほしかったなあ。

わが家は、大阪で戦災に遭って南紀白浜へ疎開しました。家も工場も失い、五人の子どもを抱えた両親の苦労はどんなだったかと思います。

学校どころではないので、兄は中学（旧制）を中退して働きに出ました。かわいい電気見習い工です。

朝、顔の映るような麦のおかゆを食べ、家を出ます。

「お母さんが、お前たちに内緒で、おいもをひとつポケットにいれてくれた。かじったらすぐなくなるので、なめながら会社に向かった」

と兄が語りました。

戦後の食糧難時代、おいもは人々の命を救ってくれました。

ネズミのしっぽ

お母さんの発明

　戦時中の食糧難時代、白浜の小学校のグラウンドもいも畑になりました。

　子どもたちが浜から海藻を集めて、焼いて灰にし、肥料にしました。子どもたちのうんこも肥料になりました。

　いもづると海藻で生命をつなぎました。塩、しょうゆ、何でも配給です。それも遅配つづきです。海藻をいっぱい食べたので、うんこはまっ黒でした。

　お母さんが発明したのは海藻しょうゆです。何のことはない。海藻を海水で煮出しただけです。煮詰めると、しょうゆらしくなりました。

　おなかを空かして泣く子どもたちを抱え、お母さんの苦労はどんなだったかと思います。

　私は今でも、食物を捨てるのにはひっかかるのです。

　ありがとう、お母さん。

クジラを殺したが

　地球誕生以来最大の生物であるクジラが、私たちと同じ時代に生きている。奇跡です。

　田辺湾にクジラが泳いでいるのが見つかり、漁船が総動員で、白浜の網不知湾<ruby>（つなしらずわん）</ruby>に追い込みました。

　クジラが当たった衝撃で石垣が壊れ、付近の民家は地震のようにゆれました。

　勇敢な人が飛び乗って、長い刀で何度もつき刺すと、血しぶきが高く上がり、あたりは血の海になりました。

　動かなくなって、早速やってきたのは子どもたち。上で走り回って海にドブン！クジラを引き上げようとトラックで引っぱってもタイヤが空転するだけです。

　多くの肉を腐らせてしまいました。残されたのは、赤字と、長く残った残骸と悪臭でした。馬鹿なことでした。喜んだのは野次馬だけ。

骨は骨になる

　戦時中、国による徴兵検査があり、男子は20歳になると、全員身体検査を受けさせられました。甲乙丙と分かれており、一番健康な者が甲というわけです。

　甲の出身地を調べると、貧しい漁村で、いつも半端な小魚を食べていました。小魚の肉は肉に、目は目に、内臓は内臓に、骨は骨になるそうです。

　私は小魚釣りが得意で、釣った小魚をしっかり食べてきました。

　先日、自転車で思い切り転倒しましたが、骨は大丈夫でした。小魚をよく食べていたからでしょうか。目も内臓も好調なのは、そのせいかも知れません。頭もしっかり食べてきましたが、こちらはどうでしょうか。

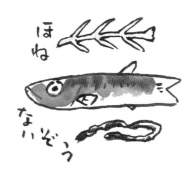

太鼓判を押します

　中学を卒業して大阪へ働きに出ました。小さなお店でした。連れてきたお父さんは、

　「この子はよく働きまっせ、太鼓判を押します」

　といったので、大将（主人）は笑いました。普通は謙遜するものですが…。恥ずかしくて顔が赤くなりましたが、父がそう言ってくれたのが嬉しかったです。

　子どものときから、家の用事はよく手伝って来たので、お店の仕事も苦にならず、何でもすすんでやりました。

　住み込み仲間の嫌がる炊事もすすんでやりました。自転車のハンドルに買い物かごをひっかけて市場へ通いました。

　今でもスーパーへ行くのが苦にならず、かえって楽しいです。野菜、果物、魚、パック食品などを見て回ります。

　洗濯機はなく、たらい、ギザギザの洗濯板でゴシゴシと洗いました。汚れたシャツを長い間着ていました。臭かったやろな。

70年ぶりの再会

　田辺市天神崎のトンボ池で、見知らぬ老人と出会いました。

　「田辺市には、恵中姓が多いですね」

　「ええ、私も恵中です」

　「古い話ですが、中学生のとき、田辺高校が甲子園へ出場しました。その時の恵中二塁手の活躍を覚えています」

　「はぁ、それ私です」

　「えっ」

　70年ぶりの再会でした。

　田辺高校、甲子園で暴れました。

　話は変わりますが、阪神タイガースの元岡田監督のおじいさんと、私のお父さんとは、同業だったので、私も親しくしていました。

　岡田監督は、高校生のとき大阪の真田山公園で、毎朝お父さんから野球の特訓を受けていました。

　「岡田の息子さん、野球が抜群にうまいらしいよ」

　兄が言ってました。阪神がんばれ！

お父さんの手を握って

　お父さんは晩年、白浜に住んで、毎日釣りをしていました。朝はキス釣り、昼寝してから夜はアナゴ釣りなど。

　ある年の秋、白浜へ行ったとき、湾をへだてた田辺市の会津川で、並んでハゼを釣りました。余程楽しかったと見えて、

一尾釣る毎に、

　「それきた」

　「今度は大きいぞ」

　などとはしゃいでいました。

その日はよく釣れ、ハゼはかごいっぱいになりました。

　その釣りが、お父さんとの最後の釣りになりました。

亡くなったとき、冷たくなった手を握って、

　「この手でたくさん魚を握ってきたね。楽しかったね」

　といってあげ、

　「三途の川でもしっかり釣りや」

　と釣具をどっさりと持たせてあげました。

　秋になると、いそいそとハゼ

釣りに通うのは、お父さんが

　「行っといで」

　と背中を押しているのかも

しれません。

まてきたぞ！
一匹ごとに
はしゃぐ父
ならんで釣った、
とおい日のハゼ

岡田三朗

第2章

トンボ

サントリー地域文化賞

　高知県四万十市で活動している「トンボと自然を考える会」が、サントリー文化財団から賞をいただきました。賞金は100万円。

　この賞は、文化活動をしている日本各地の団体や個人をたたえるために行われています。企業メセナです。しっかり稼いで、社会へお返しする。ひいては会社のためになる、というわけです。

　ホテルで行われた表彰式で、佐治敬三さんから賞状をいただきました。選考委員代表のみんぱく（国立民族学博物館）初代館長梅棹忠夫さんのメッセージもよかったです。えらいお方なのに、受賞者の説明を真剣に聞いてくださいました。えらい人は姿勢も低いなぁと思いました。

　日本各地で、いろんな分野で多くの人が活動されているのを知りました。

「トンボの会」に支援

「ここを全部トンボ池にします」

四万十市のトンボ博士・杉村光俊さん。ずっと奥まで続く池田谷の荒れ地でした。雲をつかむような話に私と妻は顔を見合わせました。

「トンボ池づくりを応援しよう」

オルファにすすめました。実現はむつかしいのではとの意見もありましたが、杉村さんならやり遂げると説得しました。杉村さんの目はヤンマのように光っていました。

あの時から40年、今では四季の花が咲き、トンボが飛び交うのどかなトンボ池が広がり、昆虫館、水族館もできています。

トンボかるた、トンボシールなどを作って大阪から応援しました。

朝日新聞の「声」に投稿

朝日新聞の「声」欄に投稿しました。文章を短くまとめる練習になります。よくパスしたのはネイチャー関係。謝礼は一回3,000円でした。

・天神崎の潮だまりで孫たちと遊びました。魚やカニを
　バケツに入れて、眺めました。
・キリギリスを飼いました。釣りの際に取った小さい
　キリギリスは、脱皮を繰り返し大きくなり、よく鳴き
　ました。
・キジバトを助けました。街路樹の下に落ちていたキジ
　バトを拾い、傷の手当をして山に放しました。
・トンボかるたの句を募集しました。トンボかるたを
　作る際の読み札の句を募集しました。
・紀の川でハゼ釣り会をしました。中学生の頃の同窓生
　を集めて、ハゼ釣りのお世話をしました。
　など。

「トンボ王国」 高知県四万十市

日本のテーマパーク

　泥のかたまりのようなヤゴ（トンボの幼虫）から、ピカピカのトンボになるふしぎ。一粒のタネから、芽が出て美しい花が咲くふしぎ。何千粒の卵が孵化して魚になるふしぎ。

　自然は、ふしぎ、美しい、すごいがいっぱいです。

　石の上にも3年といいますが、トンボ王国は、四万十市をはじめとして、全国の皆様に支援いただいて、30周年を迎えることができました。ありがとうございます。

　トンボ王国は、電気ピカピカ、賑々しいテーマパークとは目的を異にする、静かで自然いっぱいの、日本のテーマパークです。

　水族館、昆虫館も併設され、自然についてしっかり学べます。

　高知県生まれ、世界初のトンボ王国で、いのちいっぱいの豊かさを感じてください。

　明日をひらく子どもたちにとっても、かけがえのない大切な施設です。

トンボ保護区
世界初の本格的トンボ保護区。スイレンやカキツバタ、ハナショウブの花咲く水辺を、色とりどりのトンボが飛び交います。

四万十川学遊館あきついお
園内に建つトンボと魚の博物館。世界のトンボ標本1000種や、四万十川のアカメなど世界中の川魚を飼育しています。

入館料　大人 860円
　　　　中高生 430円
　　　　小学生 320円
（団体割引、年間パスポートがあります）

・休館日　月曜日（GW期間中は無休）
・開館時間　AM9:00〜PM5:00

※トンボ王国の会員を募集しています。

公益社団法人 トンボと自然を考える会　フィールド、昆虫館、水族館 トンボ王国
〒787-0019　高知県四万十市具同8055-5
【TEL】0880-37-4110　【FAX】0880-37-4113
http://www.gakuyukan.com
E-mail：tombo@gakuyukan.com

トンボかるた　絵・岡田三朗

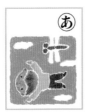

トンボクイズ

　子どもたちに自然のお話をするとき、トンボのクイズを
します。

・海を渡って日本までやってくるトンボがいる。〇かＸか。
　答えは〇です。ウスバキトンボです。春、海を渡って
　きます。小さな体でよくも来れるものですね。途中で
　海に落ちるのもいるでしょうね。

・トンボはバックして歩けない。〇かＸか。答えは〇。
　トンボは飛ぶことに特化しており、ほとんど歩けません。
　足は止まるときとか、虫を取るときに使っています。

・トンボの目は３万個。〇かＸか。答えは〇。
　小さな頭の中に、たくさんの個眼がきっちりと並んで
　います。子どもに拡大レンズで見せると、アッと驚き
　ます。

　キラリと光る、どこまでも深い
トンボの目は、空飛ぶ宝石です。

トンボの止まり方

　いっとき、トンボの撮影に凝りました。レンズでのぞいたトンボの美しさといったら。

　コンテストに入選しました。羽化したばかりのヤンマの写真です。展示場へ行ってびっくりしました。写真が天地さかさまに飾ってあります。すぐに直してもらいました。

　トンボの種類はイトトンボ、アカトンボ、シオカラトンボ、ギンヤンマ、オニヤンマぐらいと思われていますが、日本だけで300種類以上もあるのです。

　止まり方も、棒の先に止まるもの、地面に止まるもの、ぶら下がって止まるものなどがあるので、ややこしいです。

　大手出版社の図鑑で、ギンヤンマが反対に止まっていたので知らせてあげると、お詫びと直した写真が送られてきましたが、それが何と横向きの写真でした。2回とも間違っていました。

指を回してトンボとる

　トンボをとるどころか、都会では見たこともない人がいるかも知れません。

　私の子どもの頃は、昆虫採集が夏休みの宿題でした。

　帽子をかぶせてとる。これは滅多にとれないと思います。

　網をかぶせてとる。これは一般的です。子どもが振り回しています。

　ブリで取る。糸の端に小石をくくりつけ、ヤンマを絡め落とします。

　指をくるくると廻してとる。やったことありますか。効果があるかないか、大阪で開催された国際トンボ学会のシンポジウムでも結論が出ませんでした。

　トンボを見つけたら試してください。こちらが目を回さないように注意して。

めがまわる

皇居でトンボ釣り

　四万十市のトンボ公園で、東京在住のトンボ釣り名人を知りました。ブリ（トンボ釣り仕掛け）では右に出る人はいません。

　水が豊か、自然が豊かな日本はトンボの国です。トンボは昔から大切にされてきました。

　「江戸時代から続いてきた日本の子どもたちのトンボ釣り文化を、天皇陛下にお伝えしたい」

　宮内庁に申し入れたが、丁重に断られたそうです。

　皇居内の広場で、天皇陛下の前でギンヤンマをゲットしたかったそうです。

　平成の時代の天皇陛下はハゼがお好きで、よく研究されているので、ハゼ釣り名人の私も、宮内庁でご案内しようかと思っています。多分、断られるでしょうが。

　皇居内のお堀で、天皇陛下の前で、ハゼをゲットしたいのです。

「大阪中之島まつり」でトンボテント

「ヨイショ！」

　トンボ仲間が力を合わせてテントを立ち上げました。

　「大阪中之島まつり」は、"中央公会堂を保存しよう"との大阪市民の熱意からスタートしました。

　トンボテントでは、トンボ池づくりのPRの一環として壁にトンボの標本、写真、学童絵画を飾り、テーブルにはいろんな水生生物を展示しました。

　カエルが逃げ出したときは、大騒ぎして捕えました。でっかいウシガエルをひもにくくって会場を引っぱり回すと、みんな大笑いしました。

　ここで羽化したトンボは、大阪の空に飛び立ちました。オニヤンマの眼を拡大レンズで見た子は「すごい！」といいました。何万もの個眼がきっちりと並んでいます。

　くたくたに疲れましたが、子どもたちにいいサービスができたと思っています。

「大阪中之島まつり」写真

ゆらゆらモールトンボ

「姉ちゃんの作ったトンボが、今も部屋に飾ってあります」
「そうか、何年も作っているからね。嬉しいよ」

　オルファの近くの東中本小学校で、トンボのおもちゃ作りを続けました。

　トンボ王国のPRと、子どもたちへの工作指導が目的です。広い部屋に生徒たちが集まりました。クーラーもなく目茶暑い。

　材料は、ピアノ線、モール、紙の羽、虫ゴム、動く目玉、それに淀川の河川敷から切ってきた、セイタカアワダチソウの茎です。

　きっちりできたトンボ、ぐちゃぐちゃのトンボ、いろいろですが、子どもたちは頓着しない。よろこんで、ゆらゆらさせながら、家まで持って帰りました。

　姉と、オルファの社員も手伝ってくれました。

友人のお父さんのトンボ写真

　四万十市のトンボ王国では、毎年トンボフォトコンテストが開催されています。もう40年ちかく。珍しい生態写真もいっぱい。

　オルファ賞として、オルファカッターを入選者に提供しています。

　豆玩舎（おまけや）で出会った女性のKさん、私がトンボ王国の会員と知ると、

　「私の父も同じ会員です」

　偶然です。

　「トンボの撮影が好きで、コンテストでオルファ賞をいただきました」

　「えっ、オルファ賞？」

　二度びっくりです。世間はせまいですね。

　アーチ状に反っている小枝にトンボがずらりと止まっている珍しい写真です。

　額縁に入ったその写真が
豆玩舎に届きました。

　見事な作品です。

　お父さんにお会いしたいな。

トンボを忘れないで

「トンボまだいるの」
「トンボなんか、いてもいなくても」
　トンボは人々から忘れられようとしています。
　子どもの時には大阪市内にもたくさんいて、網を振る子どもの姿は夏の風物詩でした。
　シオカラトンボや赤トンボは、指をくるくると回して取りましたが、効果はあったでしょうか。
　いっときトンボ撮影に凝りました。レンズを通して見るトンボの美しさといったら。羽がきらりと光っています。どこまでも深い目玉も美しい。まるで宝石です。いや、宝石よりも美しい。
　珍しいトンボを見つけてもすぐに近寄ったらいけません。遠くからパチリ、少し近寄ってパチリ、もっと近づいてパチリ、がセオリーです。逃げられては台無しですから。
「トンボはまだいるの」
　なんていわないで。

第3章

天神崎

夕日に染まって

　天神崎の小高い岩に上って、みんなで夕日を眺めました。
夕日を受けて、子どもたちの顔が赤く染まっています。

　♪♪ ぎんぎん ぎらぎら ゆうひがしずむ… ♪♪

みんなで歌いました。

　手を振りながら。あと１分、まっ赤な太陽が太平洋に沈
んでいきます。さようなら。

　金色の海、シルエットの岩、ねぐらに帰る鳥。太陽が沈
むと、いっぺんに暗くなります。

　夕まずめは釣りの潮時です。夢中で釣っているうちに、
潮の色が深くなり、ウキも見えなくなってきます。

　夕日を浴びながらのぜいたくなひとときです。もう帰ら
ないと。

　釣った魚がクーラーで、コトコト音を立てています。

天神崎、海の家

　天神崎海の家は、海の好きな人のたまり場です。テレビは置いていません。

　「ここまで来て、テレビは見るな」

　海で遊び、夕日を眺めます。

　真っ暗な浜で、バーベキューをしたときは、焼けているのか、焼けていないのか、分からないものを食べました。つかまえたタコも焼きました。

　夏は子どもたちが合宿をします。カレーをひっくり返す子、おしっこをする子、てんやわんやです。

　絵手紙を描き、壁いっぱいに貼っています。多いのは魚、次いで、カニ、タコもいます。

　子どもたちは、石ころ、貝がら、ドングリを拾ってきて面白い作品を作っています。

　海で遊んだり、手作りをしたり…小さい頃のたのしい経験はいつまでも心に残ります。カレーをひっくり返した子も、おしっこをした子も、大学生や社会人になっています。

ウミウシ

　春、潮が温もってくると、海遊びの始まりです。潮だまりをのぞくと、カニ、貝、小魚、エビなどに混じってウミウシが見られます。二本の角、牛が寝そべっているような姿からウミウシと名付けられています。

　つかむと、ぬるぬる、コンニャクのようなトコロテンのような、気持ちいいような、悪いような感触です。強く握ると鮮やかな紫色のインクがひろがります。

　「あれは何？」

　黄色のそうめんのようなかたまりが、岩にくっついているのは卵です。

　ウミウシは種類も多く色も多彩。不思議な生き物です。背中を探ると固い貝の痕跡に当たります。退化した貝でしょうか。これから大きくなって貝になるのでしょうか。学者先生、教えてください。

ウミのウシ

親分釣り

「親分釣りって、なに？」

潮が引くと、磯には潮だまりができます。 のぞくと、いるわ、いるわ。 エビ、カニ、ウニ、貝、小魚…。 ここは子どもたちの楽しい遊び場です。

１メートルほどの竹の枝に、テグス、ハリ、ナマリだけをつけた、おもちゃの釣り竿を作ります。

底には５センチ程のミニハゼがいっぱいいて、エサを下ろすと取り合いをします。釣ったハゼをバケツに入れて眺めたり、触ったり。

突然、岩かげから、10センチ余りのでっかいハゼが飛び出してきて、パクリと食いつきました。

「ワアッでっかい、ハゼの親分や」

一人の女の子が叫んだのが、親分釣りの始まりです。大人も子どもも楽しい親分釣り、磯遊びの定番となっています。目茶楽しいから、ぜひやって下さい。

貝殻拾い

　"この貝はどこから来たのか知りたいな" 子どもの作です。島崎藤村の "やしの実ひとつ…" の詩が浮かびます。

　どこかの海の底で生まれ、波にもまれ、流れ、流れて、今ここにある一つの貝殻。

　シルバーの仲間たちと貝殻拾いをしました。春、ポカポカ陽気、白浜臨海浦の浜、青い海、目の前に円月島。

　砂浜に座ったり、寝ころんで、ワイワイおしゃべりしながら。

　二枚貝、皿型の貝、細いネジ型、丸いネジ型、変型…、さまざまです。工業製品のネジは、貝からヒントを得たにちがいない。

　大型の巻貝に耳を当てると、サーッと潮風の音がします。試してください。

　拾った貝殻でアクセサリーを作ってあそびました。笠型の貝では、カメを作りました。

アオリイカ１センチと２キロ

「あれっ、何やら動いてる」

　よく見るとアオリイカの赤ちゃんです。１センチぐらい。次々と生まれてきます。虫めがねが要りそう。

　夏の磯、潮だまりから、子どもが拾ってきた海藻をバケツに入れていたのです。バケツで見られるなんて滅多にないこと、ラッキー。

　驚かすと、スミを吐きます。１センチぐらい。かわいい。おもしろい。

　波止では、おじさんたちがアオリイカを釣っています。大きいのになると、２キロもあります。釣りあげられたばかりのアオリイカの美しいことといったら。体色が瞬時に変わります。

　コンクリートの地面には、釣り上げられてスミを吐いた跡が黒く残っています。白黒の抽象画です。型にとって朱印を押して額に納めると、お金になりそう。

よくぞ残してくださった

「カニみつけた！」

　磯に響く子どもたちの元気な声。天神崎は、海、磯、山が一体となった景勝地です。

　ここに別荘地の計画が持ち上がりました。

　子どもたちのためにもそっとしておいて欲しいと人々が立ち上がりました。ナショナルトラスト日本第一号としても全国的に支援の輪が広がりました。

　保全するといっても、相手にも立場があります。長く苦しい話し合いの末、「天神崎の自然を大切にする会」ができました。"守る会"とすると敵をつくるようですから、"大切にする会"としています。みんなで天神崎を大切にしなければならないからです。

　退職金を投げ出し、設立に力をつくした外山八郎さんを忘れてはなりません。

　天神崎で遊ぶとき、よくぞ残してくださったと思うのです。

天神崎を描く

　天神崎のかるたをつくりました。作句は、地元の子どもたちから募集しました。子どもたちは天神崎の自然をよく見ています。

　僭越ながらイラストを描かせていただきましたが、子どもたちに描いてもらった方がよかったかも知れません。

　代表の玉井済夫さんが、骨を折ってくださいました。

　親しいイラストレーターの稲留牧子さんが、天神崎のイラストを描いてくださったので、絵はがきにしました。

　かわいい動物が並んでタイドプール（潮だまり）をのぞいています。魚や貝、いろんな生きものたちがいっぱい描かれています。

　かわいい動物たちが、手に手にスケッチブック、釣り竿、浮き輪を持って海に向かっています。楽しい２点のイラストです。

天神崎絵はがき

イラスト：いなとめ・まきこ

天神崎で いっぱい あそぶんだ

のぞいたら タイドプールは水族館

天神崎かるた

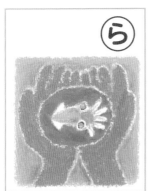

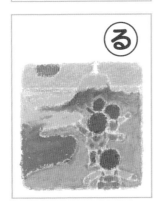

「かるた」をつくるお手伝い
をしました。地元の学童が
読み札をつくり、絵札は私が
描きました。

未来の子どもたちのために
天神崎を大切に!!

残そう豊かな緑と海を

National Trust

天神崎のある田辺湾は、多種類の海洋生物が生息している世界的にも貴重なところです。それは、黒潮の影響を受けて、南の海で生まれた種々の海洋生物の幼生が運ばれてくるからです。しかも、湾内には入り組んだ枝湾や暗礁が複雑に配置され、多様な生物の生息場所となっています。

天神崎は、この田辺湾の北西に位置し、湾は西側に大きく開き、冬の季節風が黒潮の影響の濃い外洋水を湾内に送り込みます。このために、温かい海の代表である造礁性サンゴが約60種類も生息し、これは北緯34度近くの海では世界的に異例の数です。また、潮の引いたときの磯観察では、約200種ほどの生物が簡単に記録されます。

もう一つ大切なことは、海岸の後背地に自然(森林)が残っていることです。海岸林の腐葉土層から栄養素が補給されるとともに、雨・嵐などによる土砂の海への流入を防ぐことで、全体のメカニズム(生態系)が常に安定に保たれています。

1974年(昭和49年)、天神崎の丘(海岸林)に高級別荘地開発の計画を知った田辺市民有志は、自然はいったん破壊されると修復が困難となるので、開発業者から土地を買い戻す運動をはじめました。その後、皆様にご協力をお願いし、土地の買い取りのために募金活動をすすめています。

団体の名称を「守る会」としないで「大切にする会」としたのは、「守る」だと敵がいることになるからです。この運動には敵がいてはいけません。みんながこの運動の理解者になって協力して天神崎の自然を大切にしていきたいという願いなのです。海・磯・森の三者が一体となって一つの安定した生態系を形づくっています。私たちも生物の一員としてともに生きる人間になりたいと願っています。

公益財団法人 **天神崎の自然を大切にする会**

第4章

いきもの いっぱい

四季の自然あそび

　春、磯の光が増してくると、磯遊びの始まりです。潮だまりの生き物も活発に動き出します。ウニ、ヤドカリ、カニ、魚たち。遊んでいる間に潮が満ちてきて、パンツを濡らして帰りました。

　夏、素もぐりが楽しかった。赤、青、銀ピカ。太い、細い、いろんな魚たちが藻や岩のかげでファッションショーを見せてくれます。近頃の子はそんな遊びをあまりしないようです。ゲーム機の方が面白いのかな。

　秋、波止に並んで釣りをしました。でっかいのが釣れて騒いだり、小さいのが釣れて笑ったり。嫌われ者のフグの目もかわいいよ。騒いでいるうちに、秋の日が暮れていきました。

　冬、山でメジロを捕りました。手づくりの鳥かごに入れると、すき間から首を出しました。ガタガタですから。

咲くやこの花館

　かかえる程もあるでっかいサボテン、子どもでも乗れそうなでっかいハス、お角力さん（おすもうさん）の腹のようなトックリヤシ、虫を食べる植物、変わった花などいっぱい。鶴見緑地内にある大型温室、咲くやこの花館です。

　緑地には、小規模ながら畑や田んぼがあり、子どもたちの農業体験の場となっています。私の孫も小さいとき、田植えをさせてもらいました。泥に入って。

　大きな池にはカモがいて、ネイチャーおおさかのカモ観察に参加させてもらいました。

　私が大阪へ来た若い頃はゴミの山でしたが、埋められて、現在の花いっぱいの緑地に生まれ変わりました。

　一面にハス池が広がり、赤トンボの羽化の撮影に通ったものです。

　花博が開催されたときは賑わいました。

むしをたべる
はな

ポスター入選

　「大阪自然環境保全協会（ネイチャーおおさか）に加入してください」
と筒井嘉隆さんに頼まれました。あの時からもう何十年。嘉隆さんは作家・筒井康隆さんのお父さんです。

　嘉隆さんは天王寺動物園の園長、自然史博物館初代館長をされたあと、ネイチャーおおさか、大阪南港野鳥園などを立ち上げられました。

　ネイチャーおおさかには、淀川のカモ観察、野崎観音でのリースづくり、里山調査、タンポポ調査、セミの羽化観察などあちこち案内していただき、自然への目を開かせてもらいました。

　ポスター募集の際には、なんと私の作品が入選し３万円いただきました。こどもがのぞいている双眼鏡に、いろんな生き物が写っているイラストでした。

　審査員は子どもの作品と思っておられたそうです。

ポスター原画（岡田三朗作）

「いきものいっぱい みらいめがね」
自然環境保護啓発ポスター

※このポスターは、2016年10月『公益社団法人大阪自然環境保全協会』が
設立40周年記念ポスターコンクールに募集した応募作品で構成。大賞受賞作
品のイラストの男の子が持つ双眼鏡の中には多様な生きものが見えています。
受賞作品や中学生たちの応募作品に込められた思いが、シャボン玉となって
未来に飛んでいくデザインです。

自然の小さな世界

　山と渓谷社から出版された小さな花の図鑑。見過ごされている道端の小さな雑草が、マクロレンズで撮られています。すぐに買いました。

　肉眼で見る程度ですが、足元の小さな生き物や植物に興味を持っています。

　玄関先の一坪ほどの土、薬を撒かないので、虫や雑草が集まっています。ダンゴムシ、クモ、アリ、ヤスデ、ミミズなど。タンポポ、スミレ、ハコベ、カタバミ、ホトケノザ。ヘビイチゴは勢力を伸ばして黄色い花を咲かせ、赤いかわいい実をつけています。見知らぬ草の芽も残しておくのですが、家内が勝手に抜きます。

　アリがじゃまになるので、通り道にトリモチを塗っておいたら、ちゃんと砂粒を運んで、埋め立て工事を完了していました。

庭に来る虫たち

　都会の庭でも殺虫剤を撒かないので、いろんな虫がやってきます。迷惑ですが面白いです。

　やってくるのは、アシナガバチ、クモ、モンシロチョウ、アゲハチョウ、ミツバチ、クマバチ、アブ。イトトンボも来ました。大都会の中、糸のようなかぼそい体で、よくぞ来たものです。

　カンカン照りの夏日には、アシナガバチがセッセと水を運びにきます。水滴を口に含ませて重そうに飛んでいき、何度も往復しています。ご苦労さん。

　ナタネにはミツバチがやってきました。夕方、水面の上にクモが巣を張っています。夜、水辺にやってくる蚊を狙うのでしょう。

　小さな虫たちも、それぞれがんばって生きています。

アゲハチョウの親心

　玄関先の一坪ほどの土地に、キンカンの木を植えています。

　４月、新芽が出てきたと思うと、早速アゲハチョウが卵を産みにやってきました。直径１ミリほどの美しい黄色の卵です。つまようじの先ほどの新芽なのに、そこを目がけて卵を産んでいます。卵がかえる頃に若葉が出ていることを予知しているのでしょうか。

　卵からかえった幼虫は、黒い糸くずのよう。白い斑点があるのは、鳥のふんに似せて身を守るためとか。

　葉をもりもり食べて大きくなると、緑色になり、いつのまにかいなくなります。どこかにかくれてサナギになり、やがてチョウになって大阪の空に飛び立つのでしょう。

　大都会のちょっとした土地にも、注意したら自然のふしぎを発見します。

カマキリ、空振り

　毒はないけど怖い虫は？

　カマキリです。三角の頭でにらみつけられ、鎌を振り上げられたときの怖いことといったら。鎌ではさまれても痛いし。

　カマキリは殺し屋です。草に止まっていて、前方にハエが止まっていました。

　「狙っているのやな。キャッチするところを見届けてやろう」

　じっとしていて、風で揺れると１歩進み、次の風でまた１歩進みます。

　「ハハーン、ハエに気づかれない工夫をしてるな」

　カマキリも考えているな。うんと近づいて最後のひと振り。残念、空振りでした。お疲れさん。

　草に褐色の発泡スチロール状の卵を産みますが、雪の多い冬には、高い位置に産むという言い伝えがあります。

　春、卵からかえったのがゾロゾロと出てきます。蚊を大きくした程ですが、おどかすと生意気に鎌を振り上げ、ファイティングポーズをします。

あぶない！

クモの糸

　オルファカッターの仕事をしていた時、アメリカのデュポン社から、「防弾チョッキに使うケブラー繊維」を切るカッターを開発してほしいと依頼が届きました。防弾チョッキに使うだけあって、オルファカッターでも30センチも切ると刃はボロボロです。

　クモの糸は、ケブラーの７倍も強いそうです。細いから切れますが、まとめて１ミリの太さにして網にしたとしたら、航空機でもひっかかるそうです。

　ごま粒のようなクモでも、ちゃんと巣を作ります。考えているのかな。

　虫をくっつけるネバネバの糸と、自分の歩く糸との２種類の糸を出しています。

　いたずらして、クモの巣にゴミをつけたら、懸命にゆすって落としました。ゆすっても落ちないと、仕方なく出向いて落としました。

かかったぞ

バッタのジャンプ大会

「バッタは逃げたけど、草を取った」
「アホ、草やったら誰でも取れるわ」
とお父さん。

　大阪、長柄橋近くの淀川河川敷で、ネイチャーおおさか主催のバッタのジャンプ大会があり、お手伝いしました。

　親子30人ほどが、網と虫かごを持って集まりました。トノサマバッタが多く、次いでショウリョウバッタです。

　つかまえたバッタを台の上から放して、飛距離を競います。優勝は36メートル。最下位は、台からストンと落ちた10センチでした。

　みんな走り回ってくたくた、汗びっしょりでしたが、楽しい遊びでした。

　子どもたちがのびのびと、虫を取って遊べる広場がほしいですね。大人たちのゴルフ場ばっかり作らないで。

うちの窓から

　おじさんグループが、でっかいカメラをかついで、小さな野鳥を追っかけています。大阪城公園の森。平和やなぁ。

　うちの家（大阪市城東区鴫野）の窓からもいろんな鳥が見られます。

　木の枝にミカンの輪切りを刺しておくとメジロが来ます。スズメより小さく、目のふちが白いのでメジロ。ヒヨドリは、ピィーッとかん高い声で鳴きます。窓際の水槽の金魚がアオサギにやられました。ここまで来るとは。川筋なので、鵜（う）も来ます。もぐったと思ったら、離れたところでヒョイと顔を出します。

　圧巻はアジサシのダイビングです。空中でホバリング（静止飛行）、まっさかさまにダイビングして魚を捕えています。数羽がスパッ、スパッとダイビングしているさまは壮観。無料で空中ショーを見せてくれるのです。

飼いました

　生き物が好き。いろいろ飼いました。メインは魚ですが。変わったところではトンビ。エサのカエル取りに追われました。

　後になって、カエルやカメ、トカゲも飼いましたが、それらは冬眠するので、食べなくても冬中生きています。人間もできたらいいなあ。

　お店へ行ったら、珍しい魚が売られていますが、私はとってきて飼うのが好き。取るのが面白いし、安上がりだし、お店では見るだけ。ごめん。エサぐらいは買ってるけど。

　淀川で珍しい魚を捕えたときは、死なせまいと、自転車をぶっ飛ばして帰りました。

　飼ってみると、魚の習性がわかります。ドンコは石のように動かないが、エサを取るときの素早いことといったら。近づくと逃げる魚がいると思えば、エサをくれと近寄ってくる魚もいます。水槽で何を考えているのかな。

黒ネコが白くなって

「えらいもん拾って来たな」

「公園で雨に打たれてブルブルふるえていた。ほっとけんやんか」

と妻。というわけで、家族の一員となりました。黒ネコ。キコと名づけました。前からいるチチに、

「仲良くしたってや」

「ウエッ」

洗うと水はまっ黒、ノミがうじゃうじゃ。

「あれっ、尻尾が白くなっている」

医者に連れて行くと、

「これはいけませんな、ハイッ、治療費」

「高いなぁ、保険はききませんか？」

わかっているけど、言ってみました。

子どもが来ると、押し入れにかくれてブルブル震えています。公園でいじめられていたのでしょうか。

キコが死ぬと、チチは毎夜外に向かって、ウォーと鳴きました。キコを呼んでいたのでしょうか。馬乗りになっていじめられていたのに。

スズメの親子

　高い電柱の巣から、ひなが飛び立ちました。初めて飛ぶのは勇気がいったでしょうね。

　地面でチイチイ鳴いて、親にエサをねだっています。親と変わらない大きさなのに、いつまであまえているのや。

　親にパンを与えると、口ばしで細かく砕いて与えています。いつまでもかわいいのやな。

　うちのネコがとびかかろうとして、ガラス窓で頭をゴツンと打ちました。アホやな。

　心配なのは、通りかかる野良ネコです。みつからなかったらいいのになあ。うちに入れてやりたいがネコがいます。

　気にしていましたが、やっぱり。ある朝ネコに噛まれて死んでいました。何とかできなかったかな。野鳥は巣立ちのときがピンチです。多くのひなが命を落とします。

　少年のときは、この時期を狙ってつかまえ、飼いました。ごめん。

さようなら、キジバト

　キジバトは美しい鳥です。背と翼の模様がキジに似ていることからついた名だそうです。首のところにブルーの飾りがついています。おしゃれやな。ククッ、クククッと鳴いています。

　山に住んでいましたが、都会にも住み、手の届くところまでやってきます。

　「あれっ、おかしい」

　街路樹の下でうずくまっているので拾って帰りました。足がぶらぶらしています。

　食べないので、口をこじあけてパンを押し込みました。足の傷も治まってきました。自然の治す力ってすごい。羽をばたつかせると、フケがパッと部屋に飛び散ります。やめて！

　近くの大阪城公園にはカラスがいるので危険。交野市の植物園で放しました。

　「元気で暮らせよ！」

生きものの手

　鳥の手は羽になったので、ものをつかむことはできません。多くの生き物は、生きるために手を使っています。

　フナを釣ろうとミミズを掘っていると、ケラが出てきました。淡いビロードのような毛をした美しい虫です。握ると、小さな虫なのに、驚くような強い力でグイグイと突っ張ります。土を掘るための強力な手です。

　子どもたちに人気のあるカニは、ハサミが手です。

　ザリガニは、大きなハサミだけでなく、脇の小さな足にもハサミがついていて、器用に食べ物を口に運んでいます。

　ネコは手（前足）で顔を洗っています。

　いろんな生き物の手を調べると面白いでしょうね。

落ち葉に埋もれて

　秋空の下、黄色の落ち葉の上で休んでいるうちに、眠ってしまいました。満開の桜の下でおにぎりを食べました。タンポポがいっぱいの草原で子どもたちが走りまわっていました。

　ここは、私市^{きさいち}にある大阪市立大学理学部付属植物園。

　広い園内には、日本のみならず世界の樹木が植えられています。珍しい木もいっぱいあります。

　ゆっくり回ると半日もかかります。私は何回も通っています。

　近くを天野川が流れています。幻のトンボとなっているハグロトンボがいっぱいいたためにびっくりしました。谷川の岩の上で静かに黒い翅を開閉しています。金緑の尾、黒い翅の美しい神秘的なトンボです。ホタルもいるらしい。

　大阪近郊にも、こんなに良いところがあるのです。ぜひ行ってみてください。

葉っぱは かっこいい

　植物園へ行ったとき、ひまつぶしにいろんな木の葉っぱを集めました。

　丸くて光っているのはサルトリイバラ、子どもの手のようなのはカエデ、ボート型は広葉樹、お餅を包んでいるカシワもかっこいいですね。周囲の波型が好き。

　いずれも自然が作った見事な造形です。カッコ悪い葉なんか、ひとつもありません。

　30種ほど並べて額に入れています。もう10年ほどになりますが、見飽きるどころか新鮮です。枯れて褐色になっていますが、濃い褐色、淡い褐色、一枚とて同じ褐色はありません。

　大きい葉、小さい葉、太い葉、細い葉、形もさまざまです。

　　裏を見せ 表を見せて 散るもみじ　　良寛

　子どもはアーティスト。落ち葉を使って愉快な作品を作っています。

さよなら、C.W. ニコルさん

惜別。

　C.W. ニコルさんが亡くなられました。日本に帰化された英国人で、日本の自然、文化、人をこよなく愛されました。

　サンゴ礁から氷の海まで長く続く国土、豊かな水、森林に恵まれたこのような国は他にない。観光資源としてもまれな国だとベタ褒めされました。

　その心が失われつつあると危惧され、自費で山林を買い求めて、森林を育成されてきました。

　「森は人の心を育てる」

　子どもたちにも森の大切さ、楽しさを教えてこられました。

　新型コロナの発生で、世界は様変わりしています。経済と自然のバランス、このむつかしい課題を私たちは何としても乗り越えていかなければなりません。

　日本を心配されて亡くなられました。

第5章

釣りは楽しい

ハゼの天ぷらうますぎる

　あつあつのハゼの天ぷらに、冷たいビールをグイッ。楽しかった今日の釣りを思い浮かべながら。運動した後の快い疲れ。ネコが横で狙っています。至福のひとときです。

　ハゼは天ぷらが一番です。頭を落としてから、尾の部分を残し、中骨を除くと、Ｖ字形の天ぷらだねになります。

　一般にはやりませんが、みそ汁もいけます。大型のハゼを頭ごとぶつ切りにし、鍋に水から入れて、煮出します。料亭の料理以上です。

　昔は、釣ったハゼを素焼きにして、カチカチに干してから、お正月の雑煮のだしにしました。軒先にずらりと串刺しにしたハゼが吊られていました。

　ハゼ釣りは秋の風物詩として、毎年、竿の林立する風景が新聞に掲載されました。

しあわせ

フグトン

「キャッ！ 鈎(つりばり)を取られた」

フグの仕業です。フグの歯はペンチの刃のようで、テグスも簡単に切ってしまいます。さっき切られた鈎が口にかかったままで、また食いつきます。痛さを感じないのかなあ。

白浜では、クサフグをフグトンと呼んで、子どもの遊び相手でした。浅いところで追いかけると、砂に潜るので手づかみできます。

釣り人が要らない魚を陸に捨てておくと、トンビが食べますが、フグは食べません。毒のあるのが分かるのでしょうか。ネコも食べませんが、飼いネコは食べることがあるそうです。

ちゃんと調理して食べる仲間もいますが、私はよう食べません。料亭のフグもよう食べません。こちらは高価ですから。

クサフグは釣りのじゃま者ですが、楽しさもあります。

天然記念物のカニ

「底にかかった」
「エサつけて」
「ハゼ外して」
「もつれた」
「服に引っかかった」

賑やかなことといったら。素人相手の世話は大変です。こちらは釣りどころではありません。

　白浜中学同窓生にハゼ釣りのお世話をしました。紀の川で。和歌山、大阪、京都、神戸、奈良、松山から30名余り。横浜から来た女性もいました。11月3日文化の日、快晴でした。

　秋空の下、釣って、食べて、飲んで、しゃべって、歌って、寝ころんで。

　でっかいカニが掛かってきました。

「誰か食べる？」

　女性が手をあげました。

　その夜、地元の男性から電話がかかってきました。

「あのカニ、天然記念物や。食べたらあかん」

　女性宅へ急報すると、

「今茹で上がったところや」

「しゃあない、食べとき」

タコ石はあぶないよ

　多くの海岸にタコ石（テトラポット）が設置されています。波を防ぐためでしょうが、とても危険です。多くの釣り人が落ちて怪我をしたり、亡くなっています。

　グループで釣りに行き、仲間が転落した人の話を聞きました。滑って上れないので、みんなで大騒ぎして引き上げたのですが、カキなどに引っかかり、血まみれ。重症だったそうです。

　海岸の多くは堤防に囲まれています。バス旅行に行った時も、堤防のため折角の海の景色が見られませんでした。

　日本は海の国です。昔からみんなが海と親しみ、暮らしてきました。海岸線の長さも世界的です。

　海を見なおし、大切にしたいですね。

　朝の海、海に沈むまっ赤な夕日。いいね。

40年ぶりのスッポン

　淀川城北公園近くにワンドがあります。ワンドとは、川岸を区切って止水域としたところ。魚のゆりかごでもあり、釣人や子どもの遊び場となっています。若者がルアーを振ってブラックバスを狙っています。幻のヤンマといわれるギンヤンマも見られます。

　ワンドが取り壊されそうになったが、市民の反対で生き残ったのです。

「釣れた？」

　野次馬をしました。

「先日、ここででっかいスッポンを釣り、料亭へ持っていくと5,000円で売れた」

「よかったやんか、フナなんか釣らないで、スッポン狙ったら」

「アホ、40年通ってるけど初めて釣れたんや」

　童謡の「待ちぼうけ」を思い出します。

　♪♪ 待ちぼうけ　待ちぼうけ

　　　ある日でっかい

　　　スッポン釣れて… ♪♪

毛馬の小アユ釣り

「ここで釣るな！」

制止の警官が去ると、また柵を越えて竿を出します。イタチごっこです。桜の花の咲く頃、ここで小アユが釣れるのです。シルバーたちの一年に一度の楽しみです。

毛馬は、淀川と大川（旧淀川）の分岐点であり、俳人・与謝蕪村の生誕地です。

小アユ釣りは遠い昔から続いてきました。子どもの頃、父に連れられて来たほどですから。

今年、高い立派な柵が新設されて、小アユ釣りは完全にシャットアウトされました。柵を乗り越えて釣るのは、ほめられませんが、作るのなら安全に釣れる柵を作ってあげるのが行政の思いやりではないでしょうか。

シルバーたちの笑顔、キラリと光る小アユ、もう見られなくなりました。

シルバーのおじさんたち、パチンコでもしてるかな。

淀川で会ったおっちゃん

「釣れるかい」

「ぼちぼちや」

ハゼを釣っていると、ホームレスのおっちゃんが声をかけてきました。淀川の河川敷。自転車に、ブルーシート、毛布、鍋などを満載してはる。

「ハンドルに吊っているのは何や」

「好きなアクセサリーや、ハッ、ハッ、ハッ」

かわいいぬいぐるみがぶら下がっています。

「若いときから、お金が入ると、パッと使ってきたから、こんなになっても仕方ない。ハッハッ」

「今は、白いご飯でも、簡単に捨ててる。農家で苦労して米を作ってきたから、よう捨てん」

「毎日、川を見てるから、俳句でも作ったらどうや」

「そんなむつかしいこと、ようせんわ」

「見たままでええんや。"ハゼを釣る おっちゃんの顔 まっ黒け"こんなのはどうや」

しんどいやろうけど自由と時間はたっぷり持ってはる。人生さまざま。

98

10,000匹釣ったかな？

　釣りばかりやってきました。もっと勉強をしてたら、ノーベル賞をもらえていたかも。ノーベル賞をもらったら、みんなに騒がれて、釣りはできないでしょうね。もらわなくてよかった。

　たくさんの魚の生命を奪ってきました。ミミズやゴカイの生命も。ごめん。

　初めての釣りは、お父さんに連れられて行った岸和田でのガッチョ釣りでした。

　白浜ではガシラ。100匹ぐらい釣ったかな。

　琵琶湖ではタナゴ200匹？　紀の川ではハゼ1,000匹？　鳥羽ではベラ200匹？　田辺ではグレ300匹？　泉南ではアジ500匹？　白浜ではアナゴ50匹？　野池で小ブナ50匹？　吉野川ではオイカワ1,000匹？　ウグイ300匹？　小浜ではキス100匹？　そうそう、天満の大川でウナギを１匹釣りました。

少釣多楽

「厚かましいぞ、ちょっと遠慮しろ」

ベテラン風のおじさんに言われました。ハゼ釣り大会で、私が大寸、匹数ともに優勝し、賞品を一人占めしたのです。

「なにいうてんねん、岡田君が、頑張って釣ったんやんか、文句あるなら自分が釣れ」

助け舟を出してくださったのは、京都伏見、月桂冠酒造の役員さんでした。中学を出て、大阪へ働きに出たばかり。よれよれのシャツ、ボサボサの髪の若僧、軽く見られたようです。

たくさん釣るのは、私の悪いくせ。釣りだしたら弁当も食べないほどです。みんながこんなだったら、魚がいなくなるかも。少なく釣って、多く楽しむのが大人の釣りです。でも、たくさん釣るどころか、釣りに行くのも、しんどくなってきました。

五目釣り

　五目めし、五目ずし。魚の場合は五目釣りです。赤、青、黄、緑、カラフルな魚が夏の磯を彩ります。

　温暖化のせいか、これまで見かけなかった新顔も見られます。

　黄と黒の縞もようの魚は、阪神タイガース。赤い魚は広島カープ。口のバカでかい魚はガシラ。ガシラは教室にもいました。口の大きい子のあだ名です。

　クサフグもかわいいよ。金緑の目をオレンジ色がふちどっています。握ると怒って、キュキュと鳴きながら、腹をパンパンにふくらませます。まるでピンポン玉です。

　カラフルといえばベラ、ニシキベラといったら、まるでペンキを塗ったようです。

　生きた魚の美しいこと、これらを見られるのは釣人の特権です。

大阪城、お堀の魚

　パンくずを撒くと、ブルーギルがわんさと集まってきます。

　中学を出て、大阪へ働きに出たころには、テナガエビがたくさんいて、すくってきて、から揚げにして食べました。

「そんなもん食べて」

と店の奥さんに叱られて。

　真っ黒のヨシノボリ（ハゼ科）もいました。今はブルーギルばかり。えらが青いので、ブルーギルの名がついています。

　淀川へ行っても、琵琶湖へ行ってもブルーギルばかり。従来からのフナ、モロコ、タナゴは完全に追いやられ、漁業にも影響が出ています。

　魚類学者でもある平成天皇がお若い時、シカゴを訪れ寄贈されたブルーギル。水産庁研究所等で養殖が進む中で、養殖池から逃げ出し開放水域に。

琵琶湖でも異常繁殖し、固有種や在来魚の減少などを招いてしまったことに心を痛め、のちにお言葉を述べておられました。

ナマズに噛まれた

「ナマズが暴れると地震が起きる」

との言い伝えがあります。本当なら気象台で飼ったらいいですね。うちの水槽でも飼おうかな。

夜行性ですが、洪水で川が濁ったときは昼間でも活動します。

雨で川が濁ったとき、吉野川ででっかいのが釣れました。食べてみたろ。家に持ち帰っても生きていました。まな板の上でも暴れます。頭を切り落としたのはよかったのですが、

「ヒヤー」

落とした頭に噛みつかれました。ナマズはこりごり。

ナマズは、うなぎを淡泊にしたようなおいしい魚です。近年、うなぎの代用として養殖されています。

ナマズといえば、ヒゲ。ユーモラスな姿は子どもたちに人気です。琵琶湖には１メートルにもなるビワコオオナマズが住んでいます。

がぶり

釣りはたのしい勉強です

　広い海で遊び、流れる川で遊び、山を眺め、草を眺め、流れる雲を眺める。釣りと自然はきりはなせません。

　魚を釣るには、その習性や潮時、水の流れを知った上で、仕掛けづくりやエサの工夫もしなければなりません。釣った魚をおいしく食べる工夫もしたいですね。

　釣り上げたばかり、ピチピチはねる魚の美しいことといったら。これらを眺める楽しさ。冬、春、夏、秋、折々の釣り。フナ、ベラ、キス、ハゼ、アジ、イワシ、いろんな魚とのふれ合い。

　子どもの頃から釣りばかりしてきました。これだけ勉強していたら、今頃は大臣かも。

　でも、釣りを通していろいろ勉強してきました。健康のためにもよかったと思います。

ハゼでも考えて釣れ

　ハゼ釣り大好きです。お父さん譲りかな。

　「ハゼのような誰でも釣れる魚でも、工夫次第で釣果に差が出る。しっかり考えて釣れ」

　とお父さんはいいました。そのせいか、私はいつでもクーラーいっぱいです。

　私が15匹釣ったのに、となりのおっちゃんはゼロといった日がありました。古いエサをいつまでもつけていたのかな。

〈ハゼ釣りのコツ〉

　・底にいる魚だからエサは底につける。

　・新しいエサにこまめにとりかえる。

　・ときどき軽く引いてエサを動かす。

　・込み潮のときは活発にエサを食う。

　・一尾釣ると、近くに何尾もいる。

　・石や草など、かくれ場のあるところに大きいのがいる。

　お父さんと二人あわせて、360匹釣ったことがあります。釣り過ぎも考えものですが。

魚の短冊やんか

「ストップ！」

声をかけたが手遅れ。店のおっちゃん、カサカサと鱗を除いたあと、頭をポン、次いで尻尾をポン、おまけに背びれも落とそうとしている。近頃はここまでサービスするらしい。魚の短冊やんか。

お頭つきを焼いて、骨の間までほじくって食べたかったのに。目玉のふちもおいしいし。

店頭では姿の見えない魚が多くなってきました。おつくり、切り身、すり身、かまぼこ。小骨を抜いた魚も売られています。

テレビを見ながらでは、骨の間をほじくってはいられませんね。

魚のアラをよく買います。安くておいしいのです。食べるのは面倒ですが。骨の間から大きな身がとれた時はうれしいです。

いろんな形の骨が、複雑に組み合って頭となっている。自然の妙を感じます。

焼いも

「あちち」

「けむたい」

「うまい」

奈良県の川原で家族そろって
たき火をし、いもを焼きました。
流木や落ち葉を集めて。

焼いもは、懐かしいふる里の味です。

昔は、市内のちょっとした空き地でも、たき火をしてお
いもを焼いていましたが、近頃は煙を出したらうるさいで
しょうね。

おいもはコイ釣りのエサになります。親子連れで、お芋
を持ってコイ釣りに出掛けたのですが、こどもがおやつと
間違えて、食べてしまいました。釣られへんやんか。

冬になると、わが家（大阪市城東区）の前の第2寝屋川で、
橋の上からコイを釣る人がいます。エサは白米のおにぎり。
一日に一升のコメを使うそうです。

終戦後の食糧事情が悪いとき、
お母さんが、

「お前たちに、いっぺん白い
ご飯を食べさせたい」

と言っていたのを思い出します。

いくら釣れても

「でっかいハゼが釣れるよ」

「どこ、教えて」

電車で行きました。着いたのは大阪南港のごみ埋め立て地です。

「ウエッ」

見渡す限りゴミ、ゴミ。帰ろうと思いましたが、せっかく来たので、釣ってみました。足もとはフワフワ、温かい湯気が立っています。まっ白のカモメが乱舞しています。カモメは美しい姿ですが、汚いものも食べるそうです。

打ち込まれたケーソン[※]のわきでエサを下ろすと、早速でっかいハゼが上がってきました。でも、釣る気がしないので、すぐに退散しました。

釣りはふんいきが大切です。アシ原に潮がヒタヒタと寄せるころ、きれいな砂浜で釣る。そんなに釣れなくても。

今は整地されて、大阪万博が計画されています。IRとかも。大阪はどのように変わっていくのでしょうか。

※ケーソン
　　防波堤や橋の基礎とするための
　　鋼鉄やコンクリートの構造物

紀ノ川ハゼ釣り大会

第 6 章

つくってあそぼ

おもちゃの大切さ

「なんや、おもちゃやんか」

オルファカッターを作っていた時、出来の悪いものを見ると、そう言っておもちゃを軽視していましたが、宮本順三さんに出会って、お話を聞いているうちに、おもちゃの大切さ、深さを知りました。

おもちゃには、子どもの遊びにとどまらず、祈り、癒し、アートの世界で、人々に深くかかわってきました。

東大阪、近鉄八戸ノ里駅近くにある、宮本順三記念館では、順三さんが世界を歩いて集めてこられた、手づくりおもちゃ、民芸玩具5,000点余りを展示されています。

「おもちゃや絵を通して、子どもたちがゆったりと育ってほしい」

順三さんの思いに共感して、豆玩舎 ZUNZOへ通って、子どもたちやおもちゃと遊んでいます。

小さいことはいいことだ

　小さなおもちゃの博物館・豆玩舎ズンゾの創始者、宮本順三さんは、長年にわたってグリコのおまけを作ってこられました。また、世界を巡って描かれたお祭りの絵は、各地の施設に贈られ、飾られています。

　絵は見上げるほどでっかいですが、グリコのおまけなど、小さいものをこよなく愛されました。

　「小さいことはいいことだ」

　「人間をネズミぐらいに小さくできたらいいな。土地はありあまるし、お米は数粒で満腹。ちりめんじゃこの尾頭付きでお祝い。それはいいけど、猫も小さくなってもらわんと困る。ガブリとやられたらおしまいや。象も小さくしたら子どもはよろこびますね」

　順三さんは笑いながらおっしゃいました。ロマンチストでした。

　私も小さいものが好き。釣りだって、小さい仕掛けで、小さい魚を釣って遊んでいます。

作った人に会いたいな

　グリコのおまけを豆玩といって、生涯にわたって作ってこられた宮本順三さん。東大阪市にある、小さなおもちゃの博物館・豆玩舎ズンゾの創始者です。

　小さい頃からおもちゃが好きで、博物館には集められたおもちゃがぎっしりと展示されています。見なけりゃソン。

　並べられたおもちゃの一つ一つに、作った人の思いと汗がこもっています。

　月刊誌『グリーンパワー』（朝日新聞社森林文化協会発行）に、長年にわたってオルファからカラー１ページ広告を出しました。タイトルは「作った人に会いたいな」です。豆玩舎から、資料のおもちゃを提供してもらいました。

おとぎ話の絵

「おやゆび姫、桃太郎、さるかに合戦など、5点の絵を描いてお届けします」

豆玩舎初代館長の宮本順三さんが、大阪天満にある子どものための博物館「キッズプラザ大阪」の館長さんに申し入れられました。私も同席していましたが、心の中では無理だと思いました。ずい分お年をとられていましたから。

子ども大好き、順三さんの頭の中にはすでに構想は出来上がっていたようですが。

順三さんは世界を旅して、祭りの絵をたくさん描かれ、大阪城ホール、国立文楽劇場、みんぱくなど、各地の施設に贈られ、飾られています。

私の頭の中には、でっかいカラフルなおとぎ話の絵が、キッズプラザにでんと飾られている様子が浮かびます。子どもたちの喜ぶ姿も。

「実現して欲しかったなぁ」

子どもとあそぼ

　「遊房（あそぼ）」子ども達の教室の名前です。豆玩舎の館長、樋口須賀子さんが名付け親です。

　「絵やおもちゃを通して、子どもたちがゆったりと育ってほしい」

　父、宮本順三さんの思いを受け継いで、活動されています。

　順三さんは、子どもが好き。こよなく愛してこられましたが、現在の豆玩舎のスタッフたちも子どもを大切にされています。

　豆玩舎に集まって来られる方は、皆さん子どもが好き、子どもを大切にされる人ばかりです。類は類を呼ぶ。

　教育家、彫刻家、イラストレーター、画家、大学生、公務員、サラリーマン、実業家…。豆玩舎につながっている人は一流の方ばかり。お付き合いさせていただいて、とても勉強になっています。

サンタのおじいさん

　おもちゃの博物館豆玩舎では、何でも引き受けています。クリスマスにはサンタ役も。赤い帽子、赤い服、白いひげもつけられて。

　もう何年やってるかな。小さかった子も大きくなっています。

　順三さんの後継ぎですが、順三さんはうまかったなぁ。

　トナカイ役が、チリンチリンと鈴を鳴らして入っていくと、子どもたちはワッと声を上げます。

　年長の子は、私とわかっているようで、くすくす笑っています。幼い子は本気にして、真剣な顔をしています。

　豆玩舎では、お正月、節分、節句、七夕、お月見、クリスマスなど、季節の行事も大切にしています。

全国から修学旅行生

「こんにちは」

「こんにちは〜」

　豆玩舎の工作室へ、中学や高校の修学旅行生がドヤドヤと入ってきます。

　東大阪市はモノづくりの町ですから、研修にグループでやってくるのです。

　南は沖縄から北は北海道まで。全国からやってきます。都会に比べて地方の子は、おっとりとしているようです。

　カッターナイフを使ってのおもちゃ作りです。高校生になると「なんや」という顔をしますが、やり始めると面白いらしくて、みんな真剣です。引率の先生が、

「いつもの授業もこんなだといいな」

といわれました。

　カッターが初めての子には手を取って教えます。

自由にコピーしてください

　子どもたちに手作りを広めたいと思って、切り紙工作を考案し、キットとして販売しています。塗る、切る、折る、貼る、一枚の紙で仕上げます。

　カメレオンは、尻尾を引っぱると、虫にパクリと食いつきます。

　クジラは、悠々と泳ぎます。

　キリンの首は滑り台です。

　3匹のメジロがメジロ押しをします。

　ブタさんがシーソーをします。

　モビールの魚がゆらゆらと泳ぎます。

などなど24点の紙工作キット。白黒でプリントしてありますから、塗ったり、切ったり、折ったりして仕上げます。親子で作って遊んでもたのしいです。

　自由にコピーして、みんなで作ってくださいと書いています。商売的にはまずいですが、ＮＰＯ法人ですから。

「げんき」をプレゼント

　手渡ししながら、かわいい学童の手に握手しました。小学校へ工作を教えに行ったとき、手作りの壁飾りをプレゼントしたのです。

　150名分。作るのは大変でしたが、みんな喜んでくれたので、作りがいがありました。

　直径12センチの円盤に吊り下げ用の糸をつけています。まず、色紙を貼り、その上に、カッターで切った招きネコを貼り、「げんき」の字を加えました。

　かるい気持ちで始めたのですが、やってみると大変。とちゅうでやめようかと思ったくらいです。

「夜も寝んと、昼寝して作ったから、大切にしてや」
というと、みんなどっと笑いました。

　その日は、カッターを使ってサブローごまを作りました。楽しかったようです。

なんでおじいちゃんに

子どもはかわいい、かしこい、おもしろい。子ども達を集めて手づくり遊びをしています。教えたり、教えられたりしながら。

子どもの頭は白紙ですから、どんどん知識や知恵を吸収しています。どきっとしたり、思わず吹き出す発言もします。

「岡田さん、なんでおじいちゃんになったんですか」

と問われたときは、一瞬とまどいましたが、

「そうやな、気がついたらおじいちゃんになってた。おじいちゃんもいいよ。動物園はただやし、映画も安いし、電車に乗ったら席を譲ってもらえるし、入れ歯やから、虫歯の心配もない」

と言っておきましたが、本当はしんどいことが多いです。

「いろいろ経験してきたから、言うことをよく聞きや。聞かなくてもいいこともあるけど」

子どもたちの幸せを願っています。

ガンジーの教え

　インドの独立の父ガンジーは、３つのことを大切にされました。

　１つ目は頭です。知識と知恵。車の両輪です。いくら知識があっても、知恵がないと生かせません。

　２つ目は心です。強い心とやさしい心。

　３つ目は手です。つくる、はたらく。しっかり手を使い、しっかりはたらきましょう。

　インドでは、この３つを教育の柱とされているそうです。

　市販されているおもちゃには、出来上がったものが多くて、工夫して仕上げていくおもちゃが少ないようです。

　商売になりにくいでしょうが、子どもたちにとって大切ですから、工夫して仕上げるおもちゃを頑張って広げてほしいです。

　手づくりは知恵を磨く。

残像サブローごま

「なんや、円盤にビー玉を付けただけやんか」
といわれそうですが、コロンブスの卵です。

　一歳から百歳まで、だれでもラクに廻せて、くるくると
いつまでも廻ります。

　風呂から上がるとまだ廻っていました（ウソ）。とにかく
よく廻ります。

　ミソは回転による残像の美しさです。幼児がクレヨンで、
べたべたと塗った紙をのせて廻すと、オーロラになります。

　クレヨンだけでなく、色紙やシールを貼っても面白いで
すね。

　幼稚園、学校、施設でも利用されています。

　ボタン操作のおもちゃばやりですが、こんな素朴なおも
ちゃでも、やらせてみるとみんな大喜びします。

　　タイトル画像（コマとその残像）紹介
　　　第11回サブローごまデザインコンテストで
　　サブロー賞を獲得した大西 匠さん（7歳）の
　　作品「カラフル」です。

123

サブローごまコンテスト

サブローごま。ミソは回転による残像の美しさです。

NPO法人おまけ文化の会では毎年デザインコンテストをしています。

南は沖縄、北は北海道。作品は、全国から寄せられています。アメリカのボストンチルドレンズミュージアムからのものは、お国柄が見られておもしろいです。東日本大震災に遭った学童たちからも寄せられています。

一人一人、顔が違うように、デザインもさまざま。幼児がクレヨンでべたべた塗ったのが、廻すと面白かったりします。毛糸やビーズをつけたもの、ごてごてと盛り上げて廻せないものもあります。

やがては世界コンテストをやるつもりです。場所は、京セラドームか大阪城ホールで。どなたかスポンサーになってくださいませんか。1社1,000万円でどうでしょうか。

パリ、日本古民家博物館

　木の国、日本の木造建築は世界第一級です。

　フランスの女性民俗学者のコビーさんは、研究のため日本に滞在中、百数十年前に建てられた木造古民家の見事さに心を打たれ、解体されるのを惜しんで、パリの公園に移築を計画され、長年にわたる苦難の末、実現されました。

　「日本木曽古民家博物館」です。

　コビーさんは、私の作ったサブローごまを見て気に入って下さり、

　「これはおもしろい。博物館で売りたい」

　がんばって作り、2,000個をオルファ貿易部で送ってもらいました。

　コビーさんは、東日本大震災にも心を寄せられ、現地へ足を運ばれました。被災した子どもたちを元気づけたいと、パリへのホームステイにも招かれました。

　解体、輸送、復元に宮大工さんも参加されました。大変なお仕事を、よくぞ完成されました。　敬服

世界の人の手に

　宮本順三さんは、「小さいことはいいことだ」といわれました。私もそう思います。

　オルファカッターは、手の平にのる大きさなので、かさばりません。倉庫はせまくてもすむし、輸送費も安くすみます。

　「ミゼットに100万円積めるものを作ろうな」

　ミゼットは軽三輪トラックで、街中たくさん走っていました。

　小さくて単価の低いものでも、多くの人に使っていただいたら採算はとれるのです。

　オルファカッターは、国内はもとより世界100カ国へお届けして、多くの人に使っていただいています。

　刃物は、危険は避けられません。安全に快適に使っていただきたい。オルファの願いです。紙は切れても手は切れない。そんな刃物ができたらいいな。

宮本順三記念館 豆玩舎 ZUNZO の紹介

1998年4月1日、洋画家・グリコのおもちゃデザイナーの宮本順三（1915〜2004）が幼年期から蒐集した日本各地の郷土玩具や世界の人形玩具、仮面などの民族文化資料と作品を展示する「豆玩舎ZUNZO」を開館しました。

館　内（現在）

開館まもなく、オルファ㈱企画部の社員と共に来館された三朗さんは順三と意気投合し、創意工夫のおもちゃ作り教室や講座を一緒に始めました。
ＮＰＯ法人おまけ文化の会は「絵やおもちゃを通じて子どもたちがゆったり育ってほしい」との宮本順三の思いに共感する仲間が集まって、ズンゾ＆サブローのアイデア工作キットによる手作りおもちゃの普及と博物館への様々な支援を行っています。

来館者と作った「にわかめがね」

博物館では、見学と工作や伝承遊び体験もでき、子どもから大人まで、海外の方にも楽しんでいただけます。

2018年に併設した「文化の駅（東大阪市街づくり活動助成金事業）」では大阪の観光・文化情報発信と世代間交流・国際交流・産学交流を図り、小さいながら魅力あるミュージアムです。

（文・豆玩舎 ZUNZO 磯田武士、磯田宇乃）

ワークショップ（今里時代）

,

第7章

手づくりは知恵を磨く

1本のナイフ

「三朗、魚料理用のナイフ作ったるわ」

良男兄が釣り好きの私のために、魚料理用のナイフを作ってくれました。オルファの社長時代でした。

大型の金ノコの刃は、鉄を切るだけあって、とても堅いのです。長い時間をかけ、グラインダーで手をまっ黒にして仕上げてくれました。

「これでどうや」

このナイフでどれだけの魚を料理したでしょうか。川の魚、海の魚。千匹？一万匹？でっかい魚、小さい魚。

もう50年以上も使っていますが、まだまだ使えます。私の一生道具です。使うたびに兄を思い出します。

ナイフが好きで、世界中からいろんなナイフを集めていました。

「仕事をリタイヤしたら、世界を巡って、現地の人が昔から使っている刃物を調べたい」

と言っていました。

いつもつかってるよ

肥後守

<ruby>肥後守<rt>ひごのかみ</rt></ruby>

「肥後守ってなに？」

肥後守を知らない人も多いと思います。新聞記者でさえ知らない人もいるほどですから。

中心から折り曲げて刃を納める折りたたみナイフです。

私の子どものころは、いつもポケットに入れて、なんでも作った遊びの必需品でした。

社会党の浅沼書記長が講演中にナイフで刺殺されたのがきっかけで、全国的にナイフを持たせない運動が広がりました。

その影響で、燕三條や三木の産地メーカーがばたばたと倒産しました。気の毒でした。

ナイフはモノづくりに欠かせません。作るときはいろいろ工夫するので、考える力、生きる力につながります。

持たせないというより、正しく使えるように教えるのが大切です。

むつかしいことをやさしく

　井上ひさしさんが亡くなられました。劇作、小説などに多くの立派な作品を残されました。文章は、

　「むずかしいことをやさしく、やさしいことをふかく、ふかいことをおもしろく、…」

　と言われました。

　道具づくりにたとえると、複雑な構造をシンプルに、シンプルな構造を深く、深さの中にたのしさを。ということでしょうか。

　機能を満たし、シンプルに仕上げた道具は故障も少なく、使いよいものです。

　お役所の説明文、私たち老人にとってはややこしいです。もっとわかりやすくなりませんか。

　やたらに横文字の多い本も苦手です。でも「デザイン」という言葉は、日本語で表しにくいですね。辞典を調べると「実用面を考えて、造形作品を考えること」「図案や模型を考えること」「目的をもって具体的に立案すること」とあります。

カッターナイフ

　町の一青年が思いついたカッターナイフ。世界に広がるとはだれが想像したでしょうか。初めて売り出したときは、月に100本売りたいなと思っていたのですが。

　初めて作った小型タイプから始まって、多くのタイプに分かれています。

　これらはオルファが開発したもので、刃のサイズは世界の標準規格になっています。

　写真のフィルムや乾電池などのように、互換性の必要からサイズを変えることはできません。

　カッターナイフは需要が大きくなって、一社や二社ではとてもまかないきれません。世界各国でも生産されるグローバル商品となりました。

　家庭で、学校で、オフィスで、工場で、建設現場で、今日も活躍しています。

スライド式も特長です

　カッターナイフは刃を折るのが特長ですが、もう一つ大きな特長があります。刃をスライド式で出す方式です。カッターナイフができるまでは、さやをかぶせるか、折りたたんで刃を納める方式しかありませんでした。長い刃を短くしていくのですから、必然的にスライド式になります。

　片手で操作できますから、定規を使うときに便利ですし、片方の手を離せない作業現場などでも欠かせません。

　ネジ式とワンタッチ式があり、利用下さる人はわかれています。

　刃を折った後の角はエッジがシャープですから、こちら側もちょっとした汚れ落としやサビ落としにも使えます。

　コピーなどに細かな修正文字を貼るときは、先でつき刺して、ピンセット代わりに使えます。

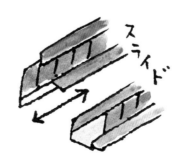

オルファのさまざまな刃

　オルファの製品は、刃を折って使うオルファカッターがメインですが、いろいろな刃物も作られています。用途に合わせて使い分けましょう。

　布地を自由に切ることができる円い刃のロータリーカッター。木を削る丈夫な刃の切り出しナイフ。細工に便利なアートナイフやデザインナイフ。紙が丸く切れるコンパスカッター。プラスチック板を切るＰカッター。マグネットで冷蔵庫にくっつくミニコンパクトなタッチナイフ。ギザ刃加工された丈夫な家庭ばさみ。額縁用のマット紙を45度に切れるマットカッター45度。便利な家庭用のこぎり。ペンキやサビなどを落とすスクレーパーや鉄の爪など。

　多くのタイプは、刃をとりかえればいつまでも使えます。道具は一生の手の友だち、助っ人です。

長期間のご使用に感謝

　工芸家に見せられたオルファカッター大型タイプは、創業間もない頃に作られたなつかしいものでした。

「へえー、まだ使って下さっているんですね」

「手放せません」

「そんなに長く使われたら困ります」

　冗談を言いましたが、うれしい話です。

　また、デザイナーに見せられた小型のブラックＳ型も、創業間もなく作られ、今も売られているロングセラーカッターです。

　長く使われてペンキもはげ、下地の鉄が見えていますが、「まだまだ使います」と。

　このタイプは１億本を突破しています。形も構造もシンプルなのがロングセラーの理由でしょう。

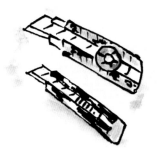

社内手づくりコンテスト

「うまいやんか」

平常目立たないＡ君の作品に感心しました。人は見かけによらないもの。

写真、イラスト、ダンボール工作、木工、紙工作、手づくり小物、いろんな作品が集まりました。オルファ社内手づくりコンテストです。

刃物を作っている会社ですから、しっかり手づくりをやろうというわけです。

一等は３万円。Ａ君がもらってにんまり。

「仕事中にやったら、ルール違反やぜ」

と岡田社長。そらそうや。

手と脳はつながっており、手づくりすると脳が活性化されるのは、科学的にも認められています。

カッターを作り、お客さんにすすめておきながら、自分が使えないようではねぇ。

D.I.Y. ってなに？

「D.I.Y. ってなに？」

ドゥイットユアセルフ、自分でやろう。ということです。

オルファをスタートさせて間もなくの頃、ヨーロッパの手づくり事情視察グループに同行しました。

初めて乗った飛行機に感動。車や船がどんどん小さくなっていきます。

フランス、ドイツ、イギリス、オランダ、などなど。フランスでは、広い敷地に材木、建材、工具、壁紙などがいっぱい並べてありました。

「日本にも、やがてこんな店ができるぞ」

現在のホームセンターです。

便利になりましたが、そのために、多くの金物店、文具店が無くなりました。

警戒心

　スズメを捕ったことありますか。

　子どもの頃、ザルにひもをつけておき、スズメが入ると引っぱって捕りました。仕掛けてもすぐには入りませんでした。スズメも生命が惜しい。初めてのものには警戒するのです。

　魚だって、初めてのエサには、すぐに食いつきませんが、いつも食べているエサにはすぐに食いつきます。どんな生きものにもあてはまるようです。生きるための知恵でしょう。

　人間だって同じです。知った人には心を許します。

　同じような商品が並んでいるとします。片方は有名ブランド、片方は無名ブランドとしたら、どちらを選びますか。無名ブランドの品質の方がいいかも知れないのに。

　知っているものへの安心感でしょうね。

テレビ出演

　テレビに映る自分の顔を見るのは嫌なものです。しみ、しわ、しらがの 3S ですから。まぁ、年齢を重ねた味のある顔としておきましょう。

　カッター作りやら、子ども相手のおもちゃ作りをしてきたので、興味があるらしく、よく取材を受けました。

　ＮＨＫテレビ「日本人の質問」では、カッター発明動機のクイズでした。「いいとこ」では、子どもたちにおもちゃ作りを教えている場面でした。民放でも、度々ありました。

　オルファのPR にも出演しました。友達に、

「ギャラたくさん貰ったやろ」

と言われましたが、ゼロでした。

「うまく映っていたよ」

といわれましたが、社交辞令に決まっています。テレビ出演はもうこりごり。出演した番組は見ないことにしています。

しみ しわ しらが

手のクイズ

　子どもたちに工作を教えるとき、手のクイズをします。

　サルにも右利き、左利きがある。〇かXか？

　意外な質問に首をかしげます。答えはXです。道具を使わない動物たちには、左右の違いはないようです。ただし例外はあるかも。おうちのネコで調べたら。

　手は一日に一万回以上使う。〇かXか？

　答えは〇。一万回どころか、何万回も使っています。

　「毎日文句を言わずに働いている自分の手にありがとうと言ってますか」

　「そんなこと、言うてへん」

　「自分の手に言うのはおかしい」

　「これから工作をしますから、自分の手によろしくお願いします。と言ったらうまくできるよ」

　子どもたちは笑いながら、手を合わせます。

手にありがとう

　自分の手をじっと眺めてみましょう。5本の指とひら、左右の手のコンビネーションワーク。手はモノを作るのにとてもうまくできています。

　親指と4本の指が向き合っているので、物をつかめます。爪が反っているのは丈夫にするためです。平らだと、掻くとペロッと曲がるでしょう。爪の先はすり減るので、いつまでも伸びてくれます。手は何十個もの骨がうまく組み合わさっています。

　「熱い、冷たい」「濡れている、乾いている」「堅い、柔らかい」…の違いも、光のような速さで脳に伝えます。手は神様のつくりものです。

　手厚い、手当、手形、手紙、切手、手入れ、手順など。手のつく言葉を数えると70個ほどありました。

　手はそれほどに大きな存在なのです。

鉛筆を削る

鉛筆を削れない子が多いようです。

「シャーペン、ボールペンなどいっぱいあって、削る必要がない」

と言ってしまえばそれまでですが。

手の訓練という目的が大きいと思います。削るときは手加減が要ります。手と脳は密接につながっており、手を考えて使うことは脳の活性化につながり、想像力をのばします。

電動鉛筆削りを使うと、素早く削れますが、芯の出し加減はうまくできないし、鉛筆もすぐに短くなってしまいます。メーカーの鉛筆を多く使わせる作戦かも知れません。

習字の際に墨をするのは、心を落ち着かせる目的もあるようです。

鉛筆だって、削りながら文やイラストを思案したらいいと思います。

手がさびている

　鉛筆が削れない、リンゴの皮がむけない子が増えています。大人も？

　「子どもの手がさびている。さびだから磨くと光るにちがいない」

　京都大学教育学部教授・藤本浩之輔先生がおっしゃいました。

　「子どもたちにおもちゃや遊び用具が大量に与えられ、子育ても知識中心になっている。子どもたちの心身の発達や教育の観点から考えた場合、道具を使っての手づくり遊びは、とても重要。子どもたちの未来をひらくことになる」

　ネットでの勉強が広がってきました。バーチャルばやり。時代の流れとはいえ気にかかります。

　藤本先生とは、堺市、鉢ヶ峰のトンボ釣り大会でご一緒しましたが、二人とも一匹も釣れませんでした。汗びっしょりで。

手労研、がんばれ

　しめ縄やわらぞうりを、今でもがんばって作っている会があります。手労研（てろうけん・子どもの遊びと手の労働研究会）は東京に本部がある全国組織。主な会員は学校の工作の先生です。

　ボタンを押すだけのゲーム機ばやりに困っている親もいるはずです。

　私の子どもの頃は、わらぞうりを学校で作ったし、鳥かごも、山で竹を切ってきて作りました。こわれましたが。

　工夫して作ったことは、大人になってからも、大いに役立ちました。

　手づくりは知恵を磨く。手労研のされていることは、とても大切です。伝統のものばかりでなく、おもちゃ、用具、料理など、アイデァを生かして取り組まれています。

　来年のお正月には、しめ縄を作って門に飾ろうかな。秋には、わらぞうりをはいて、ハゼ釣りに行こうかな。

三人の子のケガ

　子どもたちに刃物を使うことの大切さを教えたくて、小学校へ出向いています。

　ある小学校では、３年生、４年生合わせて150名でした。

　初めてカッターを使う子がほとんどで、心配した通り３人が軽い怪我をしました。先生が応急手当をしてくださり、何事もなかったように、工作を続けました。

　校長先生は、

「気の毒やったけど、これも勉強や。これからは注意するやろ」

　と言って下さいました。

　刃物に危険はつきものですが、大切なものですから、ちゃんと使えるように教えることが必要です。カッターで紙を切ることは楽しいらしく、いつも時間切れです。

　ボタンを押すだけのゲーム機ばやりですが、手を使ってモノを作る機会をたくさんつくってあげたいです。

朝日新聞「声」欄に投稿した記事です。

刃物は一生の友達です

朝日　日　新　聞

会社役員　岡田　三朗
（大阪市　68歳）

長年、刃物作りにかかわってきたが、自由な時間が持てるようになったので、学校、施設などへ出向いて、手作りの楽しさ、大切さを教えている。

本来、子ども（大人も）は、ものを作るのが好きなのだ。工業化が進んで、手を加えなくても使えるものが増え、ボタン操作のおもちゃがはやり、学校でも○×で処理できない工作の時間が減り、また危険だからと刃物を持たせな

いなど、現代社会は手の働きを封じ込めている。

子どもたちは工作が大好きだが、ナイフ、はさみの使い方が下手なのに驚く。

おもちゃ作りは、材料選びから始まって、形、動き、色など、あれこれ工夫し、失敗を繰り返しながら仕上げていく。これは将来にわたっての生きる知恵の訓練になるのではないか。子どもの頃の野遊びから始まって、仕

刃物を上手に使いこなして

事、趣味、修理、料理など、刃物から計り知れない恩恵を受けてきた。小さなけがもしたけれど、子どもたちは刃物をちゃんと使え

りにとりかかると、子どもたちの顔はいきいきとしてくる。

学校でおもちゃ作

る人になってほしい。

朝日新聞　2002.6.16

147

乗り過ごして大あわて

　発明協会の方と一緒に、あちこちの学校や施設へ、工作の講習に行きました。子どもたちへの創造教育は、発明協会の行事の一環です。

　和歌山県箕島の学校へ行きました。おしゃべりして、駅を乗り過ごして大あわて。タクシーをぶっ飛ばしました。地方の鉄道は駅間が長いのでいらいら。

　ぎりぎりセーフ、やれやれ。子どもたちが首を長くして待ってくれていました。

　行く日や、時間を間違えたら大変。カレンダーとにらめっこです。配る材料セットも部品が足りなかったら大変です。セットは余分に用意します。カッターなど刃物を使わせるときは、怪我をさせないかとひやひやです。

　いつも子どもたちに接しておられる、先生方の苦労がわかります。ご苦労さま。

大人もクレヨンを

　初めて手にした画材はクレヨンだったと思います。箱を開けたとき、きれいに並んでいたクレヨンの楽しかったこと。

　クレヨンをべたべたと塗った幼児の絵は心をなごませます。絵が成長につれて面白くなくなるのは、大きくなるにつれて人の目を意識するようになるからでしょう。目が大きかったらおかしいとか、足が長かったらおかしいとか。

　クレヨンといえば幼児のものととらえがちですが、大人にとっても楽しい画材です。

　水もオイルも要らないし、寝ころびながらでも描ける気楽さ。

　クレヨンで描いた上に、水彩をさっと加えると見違えるようになります。色鉛筆と併用してもいいですね。家族でクレヨンを楽しみましょう。クレヨンを幼児だけに使わせるのはもったいない。

みんなデザイナー

　デザイナーと聞けば、センス、アイデアのある人、かっこいい人と思いがちですが、そうばかりではありません。

　料理を盛りつけている人は料理デザイナー、クレヨンをベタベタ塗っている幼児は色彩デザイナーです。

　手もとのコップひとつ、道端の石ころ、落ち葉だってデザイン。流れる雲、一匹の虫、一本の雑草だってデザインです。人工のもの、自然のもの…。デザインに囲まれて生きています。

　うちの猫ちゃんだってデザインが好き。壁をガリガリやって制作しています。前衛作品です。作品名は「草原」でどうでしょうか。

　みんなデザイナー。しっかりデザインを楽しみましょう。デザインは面白い。夢があります。

売るぞ！

　天満、銀橋につづく大川一帯は桜の名所です。造幣局の桜の通り抜けもあるし。

　シーズンには一帯に屋台が並んで賑わいます。

「ここで売ったろ」

　私が作っている桜のミニ壁掛けを売る相談をしました。女性のHさんとMさんと私の三人で。

「作るのは任せて。二人は売ってね、駅弁を売る要領で」

　首から吊るす看板も用意しました。

　売ったお金はどうしよう。ホテルでごちそう食べようか、子どもたちのために使おうか。

　200個できました。1個200円なら4万円。ええやんか。取らぬタヌキの皮算用です。おふたりともこんなところで立ち売りするお方ではないのですが。

　早く桜、咲かんかな。

　ここまではよかったのですが、コロナでアウトになりました。

折り鶴

　だれもが一度は折ったことがある折り鶴。直線を生かしたシンプルな形。最後にお尻を吹くと、パッとふくれる。よくできています。いつ、だれが考えついたのでしょうか。

　千羽鶴は、多くの人が心を込めて折り、祝いや祈りの場で使われています。

　一枚の紙で何羽もつながっている作品も見事。一度折ってみたいです。豆粒ほどの小さいのを折っている人もおられます。こんなのは、とても真似できません。

　普通の色紙だけでなく、いろんな紙質や模様入りも出回って、楽しさも広がっています。

　アメリカの前大統領オバマさんが2016年5月、広島を訪問。自身で丁寧に折られた折り鶴を平和記念資料館へ持参されたのも心に残っています。

　折り紙は、世界に誇れる日本の伝統文化です。

日本のアート

動物パズル

「動物園を活性化しよう」

市民団体と天王寺動物園のスタッフとで相談会があり、参加しました。

いろんな意見が飛びかいました。

「緑いっぱいにしよう」

「動物達とふれ合おう」

ふれ合うといっても、ライオンとは無理ですね。

紙で作るおもちゃを考えている私。

「一枚の紙で作る動物パズルを入園者にプレゼントしたらどうですか」

受け入れられました。ヤッター。

色を塗ってから切りはなし、並べて遊びます。「自由にコピーしてかまいません」と記入しているので、受け取った人がコピーし、次の人が孫コピーする。ネズミ算式に増えて、多くの子の手に広がったら愉快やな。もしかしたら、何万枚にもなったりして。

マンガ、アイデアが大事

　朝日新聞に出したひとこまマンガが入選し、８千円もらいました。まぐれ当たり。

　ネコがさんまを見向きもせず、マツタケをくわえて走ってます。ネコも高いものが好き？

　朝日カルチャーセンターで講習を受けました。先生は、

　「イラストがうまいより、アイデアが大事」

　といわれました。いくらうまくてもアイデアがなくてはねぇ。暮らしの中のちょっとした思いつきをカタチにして、人を笑わせたら愉快ですね。ひとこまマンガ、４こまマンガ。誇張、風刺、ナンセンス。

　高知県四万十市ですすめられているトンボ公園づくり。スタート時から、会報にマンガを載せていただいています。もう40年も。

　「ネイチャーおおさかしぜんにタッチ」や「関西のつり」にも書いてました。

　顔が赤くなるのもありますが、自分でくすくす笑ってしまうものもあります。

たかいもん

154

雑誌「関西のつり」

トンボおじさんの絵日記 169
ナイフは大切な一生の友

岡田三朗

「岡田さん、なんでおじいちゃんになったんですか」子どもの質問に一瞬戸惑ったが「そうやなあ、勝手におじいちゃんになったんや。おじいちゃんになるのもいいよ。電車に乗ったら席を譲ってもらえるし、映画は安いし、入れ歯やかけた歯が痛くならないし」と答えておいたけど。

歳を取ったらしんどいことも多いが、負けないようにと。小さいことも楽しむことにしている。小さい魚を1匹釣って楽しみ、キラキラピチピチの魚体の感触を楽しむことにしている。

仕事をリタイヤしたので、ボランティアで子どもたちに手作りや自然に触れることの楽しさ、大切さを教えている。

手作りにはハサミやカッターが欠かせないので使い方を教えているが、下手な子も多い。原因は、1、工業化が進んで手を加えなくても使えるものが増えた（野菜も刻んで○×で売っている）。2、学校でも○×で処理できない工作の時間が減った。3、ゲーム機などのボタンを押すだけのおもちゃが増えた。4、危険だからとナイフを持たせない。――などだろう。

ある先生が「子どもの手がサビている。サビだから磨けば光る」とおっしゃった。

戦争に敗れてジャングルに逃げ込み、1人で27年間暮らした元日本兵の横井庄一さんは見つかったときに「2つの光りもののおかげで生きのびることができた。1つはレンズで太陽の光を集めて火を起こした。もう1つはナイフ。ナイフで草などを切り、獲をし、着るものを作り、小屋を作った」といわれた。

川釣りに行ったとき、ナイフを忘れて難儀をした。ハリを結んだが余分のテグスが切れない。若いころなら歯でプチンと噛み切ったが、歯のありがたさがわかった。ナイフのありがたさがわかった。

カッターの使い方を子どもたちに教えると、すぐにマスターしてうまく使う。手がサビているから磨けばいいのだ。「怪我をしたら治療したらいい」といった。

切るという行為は危険をともなう。精神を集中する必要があるので、やり始めたら誰もおしゃべりしない。工作教室に中学生を引率してきた先生が「平常の授業もこんなだといいな」といわれた。

小学校では「怪我をさせたら親がうるさいのでナイフを使わせない」という先生と「ナイフは大切な道具だから、ちゃんと使えるように教えている」という先生がいて、どちらにも一理ある。

手作りには知恵を磨く。ナイフは大切な一生の友。

雑誌「関西のつり」

190 トンボおじさんの絵日記

釣りは最高の遊び

岡田 三朗

刃物を作っていたとき、アメリカのデュポン社から防弾チョッキに使う最強の繊維であるケブラーを切る刃物を研究してほしいとの依頼があった。

ケブラーは防弾チョッキに使われるだけにとても強い。カッターだと30数回も切ると刃がボロボロだ。

クモの糸はその7倍も強いそうだ。細いから簡単に切れるが、テグスの太さにしたら強力だろうから1号でクエが釣れるかもしれない。

太さ1㎜の糸でネットを作るとしたら飛行機も引っ掛けるそうだ。

絶対に切れないテグスは釣り人の夢だが、絶対に切れないテグスで底掛かりしたら困る。でっかい魚に引き込まれてドボンでも困る。

クモは不思議な虫だ。ゴマ粒のようなクモでも誰にも教えてもらわないのにちゃんと巣を作る。

8本の足をうまく使って細い糸の上を自由に歩き回る。よくも足を踏みはずさないものだ。足の先に目があるのかな。自分の歩く糸と、虫をひっつけるネバネバの糸の2種類を出しているそうだ。これもすごい。

釣り人が使っているナイロンテグスはクモの糸作りからヒントを得て開発したのだろう。

魚だって不思議がいっぱいある。側線は水の動きを体に点々とついている側線は水の動きを感知し、見えないところの獲物の動きや、危険を察知するそうだ。

側線

何万個も産み落とされるマダイの卵の1つ1つが、目がついた魚になる不思議。マダイのアラをよく食べるが、複雑な形をした骨がそれぞれ機能して1匹の魚になっていることがわかる。

マダイの卵を食べるとき、その不思議を思って食べるのが、もったいない気がする。でも、ぜんぶ成魚になったら数年で海がマダイで埋まるだろう。

羽化

話がかわるが、泥の塊のような幼虫（ヤゴ）からピカピカの羽のトンボに変身するのも不思議。ヤゴの背中についている小さな袋の中にこの羽がたたみ込まれているのだ。このたたみ方は、これ以上ないと思われるほどうまい。これをヒントにすればポケットに入る折りたたみ傘ができるかもしれない。

自然には、美しい、すごい、不思議がいっぱい。

生きた魚に触れ、水を眺め、山を眺め、鳥や虫を眺めて1日遊ぶ。うまくいけばおいしい魚も食べられる。

釣りは最高の遊びだ。

お金のないときは1本の竿でハゼと遊ぼう。

第8章

川はだれのもの？

川はだれのもの？

　みなみらんぼう作詞・作曲『川はだれのもの？』が、NHKみんなのうたで放送されました。古いことですが、印象に残っています。詳しくは覚えていませんが。

　魚や鳥や植物が、川はだれのもの？と訴えていました。

　川はみんなのもの。川も、山も、海も、だれのものでもない、みんなのもの、というわけです。

　小さい頃、お父さんに

　「公のものを大切にしいや」

　と教えられました。貧しく単純でしたが、良い教えだったと思います。

　私たちは、「地球は人間だけのものだ」と思って勝手なことをしているようです。

　小さな生きものも植物も、みんなつながって生きています。がんばって。

桜前線を追って

　弟の四郎とは、長年、オルファで一緒に働いてきました。ごたごたもありましたが、それはそれ、力を合わせてきました。

　桜が好きでした。仕事をリタイヤしたら、桜前線を追って、沖縄から北海道まで、旅をするのだと楽しみにしていましたが、なりませんでした。

　行く先々で、地元の人と話し、地元の料理を食べ、名所を巡り、お土産を買う。気に入った所では滞在もして。私もそんな旅をしてみたいです。でも、もうしんどい。

　令和２年、新型コロナに見舞われて、大川（旧淀川）の桜もさっぱり。満開の下に、一人もいませんでした。桜の木も残念だったでしょう。造幣局の桜の通り抜けも、賑わっていた屋台も、観光船も全部中止、残念でした。

ありがたい日本の水

　お年寄りが、水のペットボトルを重そうに運んでおられました。大型ならとても重い。

　「なんで、水道水を飲まないのかな？」

　私はずっと、水道水を飲んでいますが、健康です。おいしさも目隠しすると、どちらかわからないそうです。水道水なら１リットルいくらかな。

　ペットボトルは軽いし、丈夫だし、ふたをしめると水をピタリと止めます。なんと素敵な容器でしょう。私は水筒代わりに長く利用しています。

　お茶や水をグイッと飲むだけでポイと捨てる。もったいない。

　水道局の方の話によると、水道水をそのまま飲めるのは、日本だけだそうです。ありがたい日本の水。

　見渡す限りの砂漠で、少年が懸命に砂を掘って、出てきた濁った水を汲んで家に運んでいた映画を思い出します。

虫はおもしろいおもちゃ

　子どもの頃は、戦中戦後でおもちゃはめったに買ってもらえませんでした。

　よく遊んだのは虫。光る、鳴く、跳ねる、飛ぶ、走る、刺す、かみつく、およぐ。おならをする虫もいるし、姿も色もさまざま。虫は楽しいおもちゃです。

　いも虫からさなぎになって、蝶になる不思議。さなぎの中でどのように変わっていくのでしょうか。ごま粒のような小さいクモでも、ちゃんと巣を作る。だれにも教わらないのに。ハチが六角形のきれいな巣を作るのもふしぎですね。ホタルの光るのもふしぎです。どのような電池がはいっているのかな。

　子どもの頃、ギンヤンマの羽を少しちぎって飛行テストをしました。ひどいことでした。

　アリを皆殺しする薬も売っています。いやな気がします。生命はみんなつながっています。

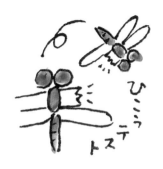

アユの夏を待つ

　河原の土手で、老人が下りたり上ったりを繰り返していました。

「何してまんねん」

「足腰をきたえてます。夏になったら、アユ釣りに行くのや」

　清流の下、わら帽子をかぶってアユを狙う、竿先をオニヤンマが通過する。カワトンボが岩に止まって、静かに羽を開く。夏のアユ釣りを夢見てがんばってはる。

　雪国では、雪解けを待ちかねて、山菜を取りに行く。私なら、秋のハゼ釣りかな。暑い夏を我慢して。

　近頃はあまり待たなくなったみたい。ローンで買って支払いに追われる。夏の野菜や果物を冬に食べる。

　信号待ちの車だって、少し遅れると、ブーと鳴らされます。

　赤いうちに、信号を渡ったりする私も反省しなければ。

スーパーうろうろ

　男の人の中には、スーパーへ行くのが苦手な人もいるようですが、私は好きです。かごを車に乗せてウロウロします。
　「タケノコが出てるなぁ、エンドウも出てるなぁ」
　季節を感じます。トマト、キュウリなどは年中出回っているので、味気ない。
　商品のパッケージを見て回るのも面白いです。説明ひとつでも、メーカーの姿勢、品位がわかります。
　アメリカのオレンヂ、チリのさけ、ノルウェィのさば、フィリピンのバナナ、世界中からいろんなものが集められています。これらを作っている人、加工している人、箱詰めしている人、運ぶ人、検査する人、多くの人の手によって、今ここに並んでいるのです。
　目茶安い商品を見たときは、働いている人の苦労が思いやられます。ご苦労さま。

海は生命のふるさと

　磯の水際を歩いていると、クツの下からジャリジャリと音がしました。ぎっしりとついている小さな巻貝のアラレタマキビを踏んでいたのです。ごめん。

　アラレタマキビは上陸したばかり、やがて内陸に暮らすようになるのでしょうか。

　生命は海で発生し、上陸してきました。今、海に住んでいるウニやナマコも、やがては上陸し、里山の木の枝についているかも知れません。一万年ぐらい先かもしれませんが。

　海岸近くに住んでいるアカテガニは上陸を果たしましたが、産卵するときは海に戻ります。

　私たち人間のふるさとも海です。どんな形をしていたのかな。もしかしたら、海に戻って海底に住むようになるかもしれません。

　それまで誰も生きていないでしょうが…。

２度おいしいエビガニ

　エビとカニが一つになったものなあに？答えはザリガニです。イセエビに似て、カニのようにハサミがついているから、エビガニとも呼ばれます。

　昭和５年に、食用ガエルのエサとして、アメリカから持ち込まれたのが、日本中に広がってしまったのです。

　メインのハサミの他に、体のわきにある細い足の先もハサミになっていて、器用にエサをとっています。足で食べるなんて行儀悪い。

　子どもたちのいい遊び相手です。スルメをタコ糸で結んだ仕掛けを下ろすと、食いついて放さないので、そっと持ち上げて取ります。

　食用としての養殖も研究されています。やがては一流レストランにも並ぶでしょう。"エビとカニ２度おいしい"特製フライとして。から揚げもおいしいかな。

べんりなあし

銀の魚体に朱点

　銀色の魚体に朱点が散らばっています。手の上で暴れるアマゴの美しさといったら。アマゴは眺める魚、食べるのは勿体ない。

　木もれ日の下でアマゴを釣りました。岩を嚙む清流はそのまま飲めそうです。姿は見えないが、カジカが美しい声で鳴いています。カワトンボが岩に止まって、褐色の羽を静かに開閉しています。この風景、最高のぜいたくです。帰りにフキも摘んで、佃煮にしていただきました。

　帰ったら、また行きたくなる清流。自然が豊か、水の豊かな日本のありがたさを感じます。

ヤドカリ、家賃はタダ

　ヤドカリは貝殻を住まいにして、せまくなると広い貝殻に引っ越しします。

　子どものとき、夜店で買ってもらったのは陸ヤドカリで、野菜などを食べて長生きします。潮だまりのは飼ってもすぐ死にます。しかし、釣りの餌になります。石でたたき割って中身を 鈎（つりばり）につけますが、撒き餌にする時は、ひと握りを岩の上に置いて石でたたき割ります。

　磯に連れて行ったとき、目の前でたたき割るのを見た娘は、

　「ヒャー、かわいそう。必死で逃げようとしているのに、お父さん残酷や」

　以後ついてこなくなりました。

　春、潮だまりでは、生まれたばかり、小豆ほどの赤ちゃんが見られます。

　「うまく貝殻を見つけられてよかったね」

　生まれても、すぐに貝殻を見つけないと、魚に食べられてしまうのです。

『サブロー 孫への絵てがみ』出版

　四人の孫に恵まれています。心配なんか考えないで、楽しいことを考えないと。

　絵てがみを送ることにしました。毎日。下手で良い、下手が良い。

　一人の子が「毎日はうれしいけど、切手代がもったいないから、一週間ほどまとめたら」と言ってきました。

「いいよ、おじいちゃん、そのくらいのお金は持ってるから」

と言ってやりました。

「今日は自転車で大阪城へ行ってきた」

「今日はハゼをたくさん釣ってきた」

「こんなことはしてはいけないよ」

　ちょっぴり忠告も。うるさいかな。毎日描いて楽しかったです。

　たくさんたまったので、本にしました。恥ずかしいやら、楽しいやらです。面白いと言ってくださる人もおられますが、社交辞令かな。

まごへの
えてがみ

孫への絵てがみ　朝日新聞記事

2013年（平成25年）8月4日

「　　　　月　聞　　2013年（平成25年）8月4日　日曜日　14版　大阪　大市内 30

４人の孫へ絵手紙100通

祖父の戦争 切々と

孫たちに絵手紙を送り続けた
岡田三朗さん＝大阪市城東区

離れて暮らす4人の孫に、おじいちゃんが毎日、絵手紙を書いた。かつて戦争で疎開したこと、兄弟で会社を立ち上げたこと……。約100通のはがきに描かれたおじいちゃんの人生を、孫たちは様々な思いで受け止めた。このほど、絵手紙を本にまとめた。

手紙は、絵が得意なおじいちゃんがこれまでの人生の1コマ1コマを、サインペンや水彩で描き、2008年秋の約3カ月間、送り続けた。4人の孫は2人の娘夫婦のもとに2人ずつ。はがき2枚に同じ絵を描いて、毎日2家族にあてて差し出した。

その中の1枚の絵は、少し出した。

年時代のおじいちゃんが座る食卓にスズメやカエル、イナゴ、ドングリが並ぶ。孫に、「いつもはらぺこでした　なんでも食べました」との文が添えられている。

孫で、交野市の大学4年生、福力稜介さん（21）は「おじいちゃんには海に連れて行ってもらったりと世

年時代のおじいちゃんが座る食卓にスズメやカエル、イナゴ、ドングリが並ぶ。孫に、「いつもはらぺこでした　なんでも食べました」との文が添えられている。

手紙は、絵が得意なおじいちゃんがこれまでの人生の1コマ1コマを、サインペンや水彩で描き、2008年秋の約3カ月間、送り続けた。4人の孫は2人の娘夫婦のもとに2人ずつ。はがき2枚に同じ絵を描いて、毎日2家族にあてて差し出した。

話になった。「食べ物を残すな」と言っていたのは、昔の体験からきているんだなど絵手紙を見て思った。

当時、福力家のリビングの壁は絵手紙で埋まった。稜介さんは毎日、夕食の際に新しく届いた絵を探したのを覚えている。

壁にはられた絵手紙に、敗戦直後にチョコレートを食べる米兵をうらやましげに見る子どもたちの姿もあった。稜介さんの妹で大学1年生のりalmさん（19）は「戦争は教科書の中の話で、チョコレートもなかったなんて驚きました。実生活での戦争の話を聞けば、しか戦争の話を聞けない。長生きしてほしい」と願う。

おじいちゃんが子どもの頃、オンボロの舟で嵐にあったことも、孫たちは絵手紙で知った。そのひとり、東大阪市の高校2年生、川田悠介さん（16）は当時、絵手紙が待つ自宅に帰るのが楽しみだった。「疎開した

り、鳥を捕まえて食べたり、すごいなと思う。僕も

色んな経験を積んで、おじいちゃんみたいにもの作りに生かしたい」。

ん（10は小学5年生、教士さん（10は小学5年生、教士さん（10は絵手紙を覚えていないが、兄弟の母親で弟の小学5年生、教士さん（10は絵手紙を覚えていないが、兄弟の母親

じいちゃんの次女明子さん（47）は「ふだん、子どもあてに郵便物が来るなんてことはなかったので、息子たちは「また来た！」と言って楽しんでいた」と振り返る。

おじいちゃんは、大阪市城東区の岡田三朗さん（79）。大阪市内に生まれ、戦中は滋賀県に疎開した。中学卒業後は印刷会社に住み込みで働き、兄弟で会社を立ち上げ、常務で使われている「折る刃」式カッターを兄と考案。兄弟で会社を立ち上げ、常務で退職した。

戦後に最後まで退職した。

孫たちは昔の時代を知ろうと思いつき今年の夏、毎日送ったら面白いだろうと思いつき始めた。

孫たちは昔の時代を知ろうと思いつき今年の夏、「絵が好きで、ちょっとした勉強にもなったんちゃうかな」と話す。約100通の絵手紙に簡単な説明をつけた本に「サブロー 孫への絵てがみ」（税込み2千円）を6月に自費出版した。問い合わせは出版した新風書房（06・6768・460）。

（五十嵐聖士郎）

ノンフィクション映画

　ノンフィクション映画が好きです。

　『WATARIDORI』（ワタリドリ）　飛行機と鳥が並んで飛んでいる。どうしてそんなことができるのかというと、鳥は生まれて初めて見るものを親と思うので、初めに飛行機を見せたそうです。

　南極の吹雪の中で、かたまって立ちつくしているペンギン。生きるのはきびしいな。

　『オーシャンズ』　砂浜でかえった子ガメが手足をバタつかせながら、懸命に海に向かっていく。それを海鳥の群れが待ち構えて捕えていく。つらいシーンでした。

　30メートルものシロナガスクジラが、悠々と泳いでいく。地球ってすごいな。

　何頭ものクジラが、チームを組んで泡を出し、ニシンを捕えるシーンにも感動しました。

　気づかないが、他の生き物だって生きるためにいろいろ工夫してるだろうな。

いっしょにとぶ

大阪城公園の森

　新緑の頃が好き。見上げる梢の間から青空が見え、白い雲が流れています。

　樹木の間を歩くと森林浴の気分になれます。戦後植えられた木が大木となって良い森になっています。夏にはセミがうるさいです。

　広さはわずかですが、大都会の中の貴重な存在です。

　家から近いので、自転車で通っています。JR大阪城公園駅側から入り、大阪城ホールの横を通って森ノ宮に向かい、森の中を走ります。右へ行くと、梅林、桃園です。

　この一帯は、戦時中、一大兵器工場で、数万人が働いていましたが、大阪大空襲で破壊され、現在の森に変わりました。

　兵器工場と森、どちらがいいかな。

ギンナン、かじるな

「あれっ」急に軽くなりました。ふり向くと、若い中国人女性が、自転車を押してくれていました。大阪城天守閣に向かう急坂。

大阪城公園に中国人旅行者があふれていましたが、コロナが広がって、見られなくなりました。

中国人はマナーが悪いという人もおりますが、私の会った人はみんな良い人です。シイの実を拾っていた時も手伝ってくれました。

「やめろ！」

中国人男性の手を振り払いました。肉のついたギンナンの実を拾って面白がってかじっているのです。

ギンナンの実は触れると、ひどくはれるのです。彼はていねいに礼を言ってくれました。

以前、ギンナンの実に触れた手で、おしっこをして、局所が人参のように腫れあがった苦い経験があります。

中国語が話せたらいいなと思いました。

5,000年タイムカプセル

　大阪城天守閣の前に5,000年タイムカプセルが設置されています。50年前に開催された、大阪万博のときに作られました。5,000年後に開けるという夢物語です。

　50年前に作られたのですから、開けられるのは4,950年後になります。誰ひとり見ることができません。それどころか、5,000年先まで人類が生き残れるかどうかもわかりません。今のような消費生活だと多分無理でしょう。もしかしたら、ロボットだけの世界かも知れません。

　中には、現代の新聞、雑誌から日用品、あらゆるものが詰められています。逆に5,000年前の人はどのように暮らしていたのでしょうか。石を欠き割った石器でコツコツとやっていたのでしょうね。5,000年後まで人類が生き残れますように。

バーチャル

　コロナ対策で、オンラインとかが広がっています。人と人が直接会わないで、映像で対話するんですね。世の中おかしくなってきました。

　ボタンを押すだけ。テレビやネットで情報がいっぱい入ります。でも、バーチャルです。

　テレビでいくら海を見ても、なめてみないと潮の辛さはわかりません。料理を見ても、食べてみないとおいしさはわかりません。タレントさんはいつでもおいしいと言います。おいしくないと言ったタレントさんは見たことがありません。そんなことを言ったら番組から外されるでしょう。

　直接、自分で会って、自分の手で触れることは生活の基本ですが、残念ながら今は無理。早くコロナが終息することを願っています。もう少し我慢しましょう。

幸 運

「平和が続いている時代で、自然の豊かな地で暮らしている私は、とても幸運に恵まれています」

大阪府交野市で無農薬野菜を作り、地元で売っている農家のおじさんが言われました。売られている野菜は、曲がったキュウリ、虫食いの葉っぱ、変形のトマト、土まみれのお芋などですが。私も買いたい。

思えば私も、幸せな人生を送ってきました。戦時中は子どもで徴兵と関係なく、戦後はずっと平和の中で暮らしてきました。

生活してきた南紀や大阪も、自然環境に恵まれています。

釣り好きの私にとっても最高です。川、湖、海も日帰りで行けるのですから。

世界広しといえども、こんなところは他にないでしょう。日本はいい国です。

多くの素敵な人達と巡り会えたことも幸運でした。

切るものがなかったら

保護者・指導者の方へ

カッターナイフの上手な使い方

カッターナイフは正しく使えば安全で、とても役に立つ
"日本生まれの世界の刃物" です。
子ども達にちゃんと使えるように教えてあげましょう。

★刃を長く出すと危険です。折れ線1本分が目安です。

★テッシュペーパーなど、柔らかいものは刃をねかせて切ります。

★よく切れると、手が疲れない上に美しく仕上がります。

★刃の進む先に手を置かず、紙を動かして切ります。

★薄くて幅の狭い定規は、刃が乗りあげたり、とても危険です。

★慣れない人は、刃を一目盛だしてペンチで折るのが安心です。

★厚いものや重ねたものは繰り返し切ってください。

★折った刃はジャムの空き瓶やスティール缶に入れ、安全な所に置いてください。

刊行に寄せて

宮本又郎　大阪大学名誉教授

　岡田三朗さんとは、私の叔父宮本順三が創った豆玩舎・ZUNZOを通じてお見知りおきいただくようになりました。それ以来、サブローごまなどを頂戴するたびに、そのアイディア、画才、手工の素晴らしさに感服しておりましたが、本書を読んで文筆においても達人であることを知ることになりました。

　自然、子ども、手づくりを何よりも愛しておられる岡田さん、私より10歳ほど年上ですが、いつまでも少年の心を失っておられない、精神のみずみずしさに打たれます。セミ、トンボ、ハゼなどの生き物、自然を細やかに観察される眼、遠い過去のことを昨日のことのように語られる記憶力、ユーモアこぼれる文と絵、なにもかも見事です。岡田さんの類い稀な創案力、工作力はこうして培われたのでしょう。

　ご両親やご兄弟への追慕からは、戦後の苦しい生活風景とそのなかでの暖かいご家庭の情景が浮かび上がってきます。戦中生まれの私たち世代にとっても、おぼろげながら懐かしい終戦直後の原風景です。

　お仕事を退かれてからは、自然保護や子ども文化のための公益財団法人、NPO法人で活躍されていますが、ことさらの使命感をもってというより、楽しそうにこれらの活動を続けられておられることがいいですね。いつまでもご壮健にて、これからのシニアの模範として益々ご活躍されんことを祈念して、ご出版のお祝いとさせていただきます。

発刊に寄せて

井上理津子　ノンフィクションライター

　46ページに〈えらい人は姿勢も低いなぁ〉と書いておられますが、岡田三朗さん、それはまさにあなたのことです。

　私が初めてお目にかかったのは2005年。オルファカッターの誕生物語の取材にオルファ株式会社に伺ったときでした。おそらく70代。顧問でいらしたが、「家から自転車で来ましてん」と飄々と現れた。デザインの仕事をなさっていた若き日に「切っ先だけ交換できるカミソリがあったら」と兄の良男さんに話したのがきっかけで、折る刃式カッターが誕生し、きょうだいで悪戦苦闘して販路を広げられたことをお話しいただきました。世界的発明の当事者でありながら、「自転車ご利用」かつ非常に軽やかな口調だったことが記憶に鮮明です。そしてもう一つ、自然を守る活動や子どもたちに工作を教える活動をしてらっしゃるとも。帰りに、美しく回る「サブローごま」をいただきました。

　本書は、そんな岡田さんの「解体新書」だと思いました。戦前の大阪、疎開先の滋賀県日野町と和歌山県白浜で、トンボやセミ、カエル、魚、貝などに親しみまくって成長した少年が長じて持ち得た「いきもの哲学」「生き方哲学」の数々に膝を叩くのは私だけではないでしょう。クスッと笑う文もイラストも潜んでいて、さすがです。岡田さん、よくぞ記してくださいました。ありがとうございます。

● 岡田三朗　プロフィール

昭和9年4月19日生

　白浜中学校卒業後、大阪で、お酒のラベルを作る印刷店に就職。印刷関連の仕事を経た後、兄が発明したカッターナイフを作るために、岡田工業を経てオルファ株式会社を設立。その後、販路を広げ、オルファのカッターナイフを世界ブランドに作りあげた。

　リタイヤ後は子どもたちと「しぜん・つくる・あそぶ」をテーマに遊んでいる。

● 現在の役職

NPO法人おまけ文化の会理事長

オルファ株式会社相談役

● 著書

『サブロー 孫への絵手紙』新風書房　2013年

しぜん つくる あそぶ
サブロー雑記帳

2021年11月3日　初版 第一刷

著者　岡田三朗
編集　田中寛治・樋口須賀子・三輪みどり
発行　NPO法人 おまけ文化の会
　　　〒577-0803 東大阪市下小阪 5-1-21
　　　山三エイトビル3F 豆玩舎 ZUNZO 内
発売　株式会社 星湖舎
　　　〒540-0037 大阪市中央区内平野町 1-3-7-802
印刷　株式会社 国際印刷出版研究所
　　　〒551-0002 大阪市大正区三軒家東3丁目 11-34

ISBN 978-4-86372-122-7